Tsuihou sareta “Jyogenshi”
no Guild Keiei....

追放された【助言士】のギルド経営 3

不遇素質持ちに助言したら、化物だらけの最強ギルドになってました

Hiiragi Kanata

柊彼方

Illustration：kodamazon

カイロス
ギルド『太陽の化身』を
支配するマスター。
傲慢な野心家だが……？
ネロ
『雲隠の極月』の
軽戦士。
魔術を斬る双剣使いで、
ロイドを崇拝中。
エリス
『雲隠の極月』の
魔術師。
【ウォーターボール】に
特化した天才。
ロイド
ギルド『雲隠の極月』を
率いる助言士。
才能のある相手には
助言せずにいられない。
Characters….
登場人物

ノワール
ロイドに【鑑定】の
力を与えた男。
リーシア
ロイドとカイロス
にとって忘れられない
少女。
ソティア
助言士を名乗る
獣人の少女。
ミント
ギルド『緑山の頂』
のマスター。
雲隠の極月
ロイドが創設した新興ギルド。
不遇な素質持ちが集う。
ミィ&リィ
双子の斧使い
エルナ
錬金術師
ニック
鍛冶師
セリーナ
メイド

プロローグ　灰色の世界

――私は天才だった。

あれは確か八年前のこと。私が魔術学院に通っていた頃の話だ。

「本当にソティア様は素晴らしいわね」

「えぇ、いつか私もあぁなりたいわ」

自分で言うのもなんだが、容姿端麗《ようしたんれい》、成績優秀、交友関係だって広い。

魔術学院で私の名前を知らない人間はいないだろう。

けれど私の世界は灰色だった。

容姿はそれに見合った所作をすれば、より可愛く見せることが出来る。

テストで学年一位なんて努力すれば誰でも取れる。

交友関係だって自分から話しかけて、相手が欲している言葉をかければ誰とでも仲良くなれる。

全てが単純で簡単だった。だけど面白くない。生きている心地がしない。

そんな時だった、彼が現れたのは。

「何あの子。本当にこの学院の生徒？」

「態度悪いわよね。スラム出身なんて汚《けが》らわしい」

「本当にこの高貴な魔術学院にふさわしくないわよね。ソティア様を見習ってほしいわ」

ロイド。魔術学院で唯一のスラム出身の生徒だ。

言葉遣いは雑で、愛嬌《あいきょう》もない。およそ魔術学院の生徒らしからぬ振る舞い。

正直に言うと、学院の和を乱していた。

そんな彼が退学にならないでいられるのは、ロサリアという教師が後ろ盾になっているためだ。

ロサリア先生は教師の中でもずば抜けて実力が高く、指導力もある。学院の中ではかなりの権力者であった。そんな彼女が庇《かば》っているので、誰もロイドを退学にすることは出来ない。

「前に殴られた生徒もいるらしいわよ」

「野蛮《やばん》ねぇ。本当に両親はどのような育て方をしているのやら」

「早くこの学院から去ってほしいわ」

私のいつもの取り巻き三人が、変にこちらを見ながら言ってくる。

大体こういう時は、面倒事を押し付けられるのだ。

「「「ソティア様。どうにかなりませんかね？」」」

ほら、こうなる。

私を何だと思っているのだろうか。

「まぁ少しだけ話でもしてこようかな～」

けれど完璧《かんぺき》な私は、こう答えるしかない。

こうして私は、ロイドという少年のもとへ向かうことになった。


ロイドは明らかに孤立していた。

教室に入ると、彼が周囲の生徒から避けられているのが一目で分かった。まるでそこだけ別の世界のようだった。

ここで過ごすのはさぞ辛かろう。そう思って彼を見たのだが、

「え？」

その表情には苦痛など一切滲《にじ》んでおらず、それどころか自信に満ち溢れていた。

どうしてそうしていられるのか、私には理解出来ない。

それでもここまで来た以上、声をかけないわけにはいかない。

「君がロイド君？　初めまして。私のことは知っているよね？」

とりあえず私は私がやるべきことをやるまでだ。

こういうタイプの生徒は、私のような完璧な女性に話しかけられると態度が和《やわ》らぐ。結局、孤高を気取ったところで、権威ある人物に認められることに人は弱いのだ。

あとは適当に、和を乱さないように言い含めればいいだけだ。

「誰だお前？」

「そう、私があのソティアで……って、え？」

ん？　聞き間違いだろうか。うん、きっと聞き間違いだろう。

この学院で私のことを知らない人がいるわけがないのだから――

「そっちから話しかけておきながら、自分のことを知っている前提で話すとか何様なんだ？」

「………」

この男は何を言っているのだろうか。

それは生まれてから一度も味わったことのない衝撃だった。

「勉強の邪魔だから用事がないなら消えてくれ」

それが、彼との出会いだった。

そして私の完璧な人生はその日を境に徐々に壊れていく。


「えぇぇ！　ソティア様が学力テストで一位じゃない!?」

「しかも一位の人ってあの不良じゃ……」

私は初めてテストで一位を逃した。

逃したのは学力のテストだけ。剣術も体術も魔術も、他の科目は全て一位だ。けれど私にとって、一つでも一位を逃すというのは異常事態だった。

それも教養などないと言われているスラム出身の生徒に奪われたのだ。

「どうしてロイド君が一位なの？」

気づけばロイド本人にそう聞いていた。

「私はどうしたら君に勝てるの？」

私は誰にも負けたことがなかった。敗北を経験したことがなかった。

そのため、いざ負けた時どうすればいいか分からなかったのだ。

正直、答えてくれるなんて期待はしていなかったけれど、彼は私に質問を返した。

「ソティアさんだっけ？　君はなんで俺に一位を取られたと思う？」

「努力の差とかかな？」

咄嗟《とっさ》にそんな言葉が口からこぼれた。

私は天才だ。そんな自分が負けたのなら、それは彼が私との才能の差をはるかに超える努力をしているからだとしか考えられなかった。

しかし彼はそんな答えを一蹴《いっしゅう》した。

「いいや、単純に才能」

「へ？」

「君には才能がなくて、俺には才能があっただけ。これで満足した？」

「…………」

私はロイドと会話をするたびに呆然としている気がする。

二度目の会話にして、生まれて二度目の絶句。

そんな私を見かねてか彼はゆっくりと口を開いた。

「……スライムが人になる話って知ってる？」

「え？　何の話？」

急に変わった話題に私はついていけなかった。

「スラムでよく聞いたお伽噺《とぎばなし》だよ。ずっと人に憧れていたスライムは神様に願ったんだ。『自分を人間にしてください』って。すると神様は試練を与えた。最初スライムは全く試練を乗り越えられなかったんだ」

「最初ってことは、最終的には試練を乗り越えられたの？」

「あぁ、全く別の方向の努力をした結果、試練を乗り越えられたんだ。要するに、自分の本当の才能は、未知の分野にあったりするってことだ」

話を聞き終えた私は、自分の中で情報をまとめる。

人間になりたいスライムがいました。

神様の試練は難しく乗り越えられません。

でも別の分野で頑張ったら乗り越えられました。

自分の才能は自分が思っているものとは違っていたりしますよ。

「……つまりどういう意味？」

情報をまとめても、ロイドが私にこの話をした意味が分からなかった。

するとロイドは上から目線で堂々と告げた。

「だから勉強では絶対に俺に勝てないから、別のジャンルで努力したらどうだ？」

「はあああぁぁぁ!?」

思わず、才色兼備たる私らしくない叫び声を上げてしまった。

心の底から怒るとこんな声が出るらしい。

唯一の救いは周りに人がいなかったことだろう。

おそらくこの日から私の人生は狂い始めたのだ。

そして私の世界に色がつき始めた。

一章　最恐《さいきょう》の魔女

僕――ロイドは助言士であり、冒険者ギルド『雲隠《くもがくれ》の極月《ごくげつ》』のギルドマスターだ。
助言士とは文字通り助言する人間のこと。他にはいない、僕が創り出した職業《ジョブ》だ。自分の持つスキル【鑑定】と、その上位スキルである【心眼《しんがん》】を使って、他人の数値化されたステータスを見抜き、育成するのが仕事である。

元々『太陽の化身《たいようのけしん》』というトップギルドで助言士をしていたのだが、ギルドマスターであるカイロスの不興を買って追放された。そして一人の魔術師——エリスに誘われ、二人で立ち上げたのが『雲隠の極月』だ。

『雲隠の極月』の方針は次の通り。

才能を見出してもらえず、不遇な扱いを受けている人を助け、育てること。

人は自分の本当の才能に気づけないことがある。そんな人にこそ助言は必要だし、不遇な者たちの大逆転ほど心燃えることはないだろう？

僕とエリスは打倒『太陽の化身』を目標に仲間を集め、今や、二十六ある冒険者ギルドの全てが僕らに注目していると言っていいところまで漕《こ》ぎつけた。

そのうちの二つが今、「対抗戦」と呼ばれる一大行事を開こうとしている。

一つは、『緑山の頂《りょくざんのいただき》』。天才魔術師ミントを頭目とする一団で、冒険者ギルドの序列第七位。ミントはエリスの才能にいちはやく気づき、最速で僕らと同盟関係を結んだ。

もう一つが、序列第三位の『碧海の白波《へきかいのしらなみ》』。彼らは水属性に強い冒険者で構成された強豪ギルドである。

この二大ギルドの争いの中心には、やはり僕らがいた。

対抗戦で勝利したギルドは、負けた側に何でも一つ要求出来る。『碧海の白波《へきかいのしらなみ》』は勝利の報酬《ほうしゅう》として、『緑山の頂』に『雲隠の極月』との同盟を破棄させ、自分たちがその後釜に座ろうとしているらしい。

しかし、僕は『緑山の頂』が敗北するのを黙って見ていたりはしない。対抗戦に出るメンバーに助言し、驚愕のレベルアップを実現させた。

それが吉と出るか凶と出るか、いよいよ明らかになろうとしている。

†

冒険者協会の不正騒動から一夜明け、対抗戦の日がやってきた。

不正騒動というのは、古巣の『太陽の化身』が行《おこな》っていた職員買収や資金横領の摘発である。

二十六ある冒険者ギルドは、冒険者協会という団体の管理下に置かれている。ギルド順位一位の『太陽の化身』は横暴だが、彼らもまた、協会の会長であるオーガスの意向には従わなくてはならない。

カイロスはそれが不満で、自分の息のかかった職員を操り、記録の改竄《かいざん》や横領などをさせていたのだ。器が小さいと言えばそれまでなのだけれど、そうまでして『太陽の化身』をトップに立たせようとする執念は凄まじい。

昔から彼をよく知る僕としては複雑な思いだった……それはともかく、不正の証拠を押さえることは出来た。いずれ告発するタイミングが訪れるだろう。

対抗戦当日を迎える前に、悩みの種が一つ消えたのはありがたい。

今回の対抗戦は、我が国――フェーリア王国の国立競技場で行われる。

なぜか今回は王族が国立競技場の使用を許可したのだ。

今まで国立競技場は国の行事でしか使用されず、対抗戦に使うなど前代未聞である。

念のため、実は王族であるエリスに理由を調べてもらったところ、予想通り国王の私情によるものだった。

『我も戦闘を目の前で見たいもん』

ということだそうだ。エリス曰《いわ》く、国王は弟の冒険譚に憧れを抱いていたらしい。この弟というのがエリスの父であり、国王と彼女は伯父と姪《めい》の関係にあたる。

血が繋がっていれば考えも似るのだろう。

国王はダンジョンに潜ることが出来ないため、こうして冒険者同士の戦いを見るのを趣味としているわけだ。今までは放映魔術による中継で観戦していたようだが、それにも飽きたらしい。なんというか、豪快な王様である。


そんな国立競技場の控室で、僕は『緑山の頂』のメンバーを激励していたのだが……

「国立競技場でやるなんて聞いてない。お腹痛くなってきた」

「そやなぁ。僕もまともに戦えるか分からへん」

出場する幹部の二人、マルクスとオルタナは緊張しているようで、いつもより表情が固かった。

対抗戦は全国に映像が流れるのが普通で、それ自体はいつも通りである。

彼らの一番の緊張の理由は、来賓《らいひん》に国王がいることだろう。

国王などめったにお目にかかれない存在だ。そんな人に自分の戦いを見られていると聞いたら、緊張しない方がおかしいというものだ。

「やっと戦えるのね！　ローレンにぎゃふんと言わせてやるんだから！」

そう。誰もが緊張するであろうこの状況で、ミントだけは呑気に戦いを待っていた。

彼女は僕たちに心配をかけまいとしているのだろうか。それとも心の底から新しい魔術を放てることを楽しみにしているのだろうか。

どちらにせよ、緊張していないに越したことはない。彼女ならあの『碧海の白波』のギルドマスター、ローレンに勝てると僕は信じている。

対抗戦は、一対一の三本勝負。お互いに三人の代表を選出して戦わせるのだ。三本目の勝負がミントとローレンの対決になるのは目に見えている。二人とも、そういったセオリーは守るタイプだ。

となるとあと二人の順番だが――

「一番目はオルタナに行ってもらう」

「了解です。魔式拳銃《ましきけんじゅう》は使っていいんですか？」

「うん、最初に武器の点検をされるだろうから、不意打ちは出来ないけどね」

対抗戦を行うにあたって、先に武器の点検が行われる。

武器に何か小細工をしていないか、危険な武器ではないかなどを調べるのだ。殺傷能力も普段より下げて戦うことになる。

この対抗戦に合わせて開発した魔式拳銃は既に国王の許可が下り、特許も取得している。まだこの情報は公開されていないので、『雲隠の極月』の頼れる鍛冶師《かじし》――ニックの作品はこの戦いで全国にお披露目《ひろめ》されるのだ。

ニックの最初の作品としては完璧な出だしだろう。

「じゃあ行ってきますわ」

「うん。頑張って。君なら絶対に勝てる」

僕は彼を安心させるように鼓舞《こぶ》する。

オルタナは頷き、マルクスと共に真剣な面持《おもも》ちで控室を出た。

控室は僕とミントの二人きりだ。

「ミントさん。一つ相談したいことがあります」

「ん？　どうしたの急に改まって」

「おそらくオルタナとマルクスは対戦相手を圧倒するでしょう」

「え？」

「となると三戦のうち二勝で『緑山の頂』の勝利。ミントさんの出番がなくなります。しかしせっかくミントさんも頑張って融合《ゆうごう》魔術を会得《えとく》したので、ローレンに試合を提案してもらいたいんですよね」

「ちょ、ちょっと待って！　相手はB級最上位とA級冒険者よ？　確かにうちの幹部二人もロイドの特訓を頑張ってたけど、圧勝まではいかないんじゃない？」

ミントは僕の言葉が眉唾ものだと考えているらしい。

事前に提出された選手名簿で、ローレン以外の二人が何者かは分かっている。オルタナとマルクスは優秀なB級冒険者だが、スペックだけ比べると勝てる見込みは薄い。

しかしそれは少し前までの話。僕の特訓を乗り越えた二人には、B級冒険者という現在の肩書は似合わない。

「まぁもし、そんな状況になったら考えるよー」

ただ、鍛錬の詳細を知らないミントは苦笑交じりに話を終えたのだった。

そして十分後。

「なっ――!?」

「ね、言った通りになったでしょう？」

試合を終えた無傷のオルタナとマルクスが僕たちの前に立っていた。

ミントは口を大きく開けて固まってしまう。

「二人ともどうだった？　満足出来る試合だったかい？」

僕は誇らしげな二人を見ながら答えた。

「満足？　出来るも何も、魔式拳銃の一発で敵が吹っ飛んでしもたんで何も分かりませんよ」

「俺もそうですね。Ａ級冒険者って聞いて心構えしてたのに、まさか数発殴っただけでノックダウンなんて」

オルタナとマルクスは、あまりの呆気ない終幕に手応えを感じられなかったようだった。

まずはオルタナ。彼の対戦相手は、『碧海の白波』の第三部隊を率いる女性最強守護者レオーナ。彼女の大盾はどんな攻撃でも防ぎ、隊員たちに傷一つつけさせないと聞く。

そんな彼女の大盾を、オルタナは開始一秒で魔式拳銃で貫いた。そして二発目を撃つことなく気絶させた。

次にマルクス。彼は魔導拳闘士である。簡単に言えば、魔力の宿る拳で敵を殴るスタイルだ。マルクスの対戦相手はＡ級冒険者のルース。彼は魔術を剣に纏わせて戦う魔剣士である。

本来なら苦戦するはずなのだが、マルクスは開始数秒でルースの剣を叩き折って破壊。そのままサンドバッグのようにルースを殴り続けて気絶させた。

観客たちはただ呆然とするのみ。こうして二戦とも開始早々に決着がつくという異例の速さで対抗戦は終わった。

「二人ともこの後から大変だろうね」

突如現れた魔弾使いと魔導拳闘士。これまでの魔術の常識を根底からひっくり返すような存在だ。もちろん魔式拳銃を作り上げたニックもだが、当分は注目の的になるだろう。

「なんで他人事なんですか。僕たちをこんな風に育ててくれたのはロイドさんですやん。ロイドさんも一緒に目立ってくれませんと」

「そうですよ。そして俺たちをこれからも責任をもって育ててくださいよ」

二人は面倒くさそうにしつつも、どこか嬉しそうに答えるのだった。最初はあれほど僕のことを嫌悪していた二人が、ここまで心を開いてくれるとは思わなかった。

やはりこうして感謝される瞬間が、助言士としてやりがいを一番感じる時だろう。

だが、そんな感慨に耽《ふけ》るのはまだ早い。

「さて、ミントさん。僕が先ほど話したことは覚えてますか？」

「え、えぇ。私の出番がないからローレンを説得して戦わせるとか何とか？」

「はい、僕たちは既に勝利が確定しています。しかし相手も観客も、この呆気ない戦いに満足していないでしょう。そこでミントさんが三試合目を提案するんです」

「それでさらに報酬を要求するってことね？」

「えぇ、その通りです。要求する内容は……」

それから僕はミントに、これからの展開について詳しく助言した。

†

少し時間が経ち、ミントとローレン、二人のギルドマスターがステージの上に立っていた。そこにロイドの姿はない。彼は控室でこの戦いを見守っている。

「ねぇローレン。私から提案があるのだけれど」

「ほ、ほう！　ミントが交渉とは珍しい！」

二人はステージの中央に立ち、視線を交差させた。

既に『緑山の頂』の勝利は確定している。だが、ミントはローレンをステージに呼び出した。

ローレンはいつものように明るく振る舞っているが、拳はぴくぴくと震え、目頭は赤くなっている。彼は納得出来ないのだろう。自分が出る前に決着がついてしまったのだ。それも常識ではあり得ないようなやり方で。

ミントはそんな彼の想いを汲《く》み取り、提案する。

「私たちも戦わない？　もし私が負けたら『碧海の白波』の勝ちでいいよ」

「っ!?　ミントが勝てばどうなる！」

想像もしていなかった言葉にローレンは眉をピクリと動かした。

このまま終われば、ノーリスクでギルド順位三位の地位を獲得出来る。しかし、彼女はそれを惜しげもなく打ち捨てようとしているのだ。ローレンが驚くのも道理である。

「私たちが勝ったら『碧海の白波』には……『太陽の化身』と縁を切ってもらおうかしら」

「なんだ、そんなことでいいのか？」

「そんなことって、碧海は『太陽の化身』とかなり親密な関係じゃなかった？」

『碧海の白波』と『太陽の化身』が密接な関係であることは周知の事実だ。

序列第二位のギルド『妖精の花園』の陥落《かんらく》。その目的のもと深まった関係である。同盟とまでは言えないが、それこそ合同攻略を行うほど親密な関係なのだ。

「まぁな。その条件は俺たちにとってはかなり痛手だ。だが、俺もそろそろ最近の流行《はや》りに乗らないとと思っててな」

「流行り？」

いつもと違って冷静な彼を見て、ミントは首を傾げる。

彼は声を抑えて言った。

「ロイドという男が巻き起こす流行りだ。俺の予想では『太陽の化身』は二年以内に地に落ちる」

「へぇ。ローレン。あんた賢《かしこ》いキャラだったんだ。ギャップ萌え狙い？」

ミントはロイドの実力が認められ、まるで自分のことのように嬉しかった。

そんな彼女を見て確信を得たローレンは、彼女の手を強く握った。

「まぁそんなところだ！　よし、その提案乗ったぞ！」

「ということで審判《しんぱん》さん。三試合目もお願いね」

こうして急遽《きゅうきょ》、三回戦目が行われることになった。

「で、では三試合目を開始します」

武器の点検を終え、ミントとローレンは所定の位置につく。

ローレンは大きな体格を活かして、水魔術を付与した斧《おの》を振り回す戦い方だ。

魔術師のミントとしては、力任せの戦い方をするローレンは一番厄介な相手である。懐に入り込まれたら一巻の終わりだからだ。

けれど彼女には不安の欠片《かけら》もなかった。

(ローレンには悪いけど、私たちには化け物助言士がいるの。そんな化け物の指導の賜物《たまもの》。見せつけてあげる)

ミントは笑みを浮かべてローレンを見る。

不利な状況にあるはずの彼女の笑みに、ローレンは寒気を覚えた。

「れ、レディ……ファイト！」

審判は、自分にまで伝わる威圧感に震えながらも戦いの火蓋《ひぶた》を切ったのだった。

「最初から全力で行くぞ！【水の加護】！」

ローレンは戦闘が始まってすぐにスキルを行使した。

このスキルこそが『碧海の白波』の由来。本来なら水属性に耐性がつくだけの低レベルのスキルだが、彼はそれをAクラスまで成長させることで、強力なスキルへと進化させた。

効果は水の完全操作。水を使って何でも出来るというチートスキルである。

そのためミントはこの試合、水魔術を行使出来ないのだ。行使したらローレンに制御《せいぎょ》を奪われて自滅することになる。

「おらあああああぁぁぁぁ！」

ローレンは巨大な斧を構え、ミントに突進する。

その突進には全く隙がなく、全ての行動を警戒しつつ行われていた。

これまでの二試合とも常識外れの戦い方で負けているのだ。ミントも成長しているのではないか、そう疑うのは当たり前である。

「【氷の壁《アイスウォール》】！」

ミントは詠唱を破棄し、即座に妨害魔術を行使した。

彼女が放った魔術は、ローレンの行く手を阻むように壁となって屹立《きつりつ》する。

しかし、それはほんの少しの時間稼ぎにしかならない。

「こんなもので俺は止まらないぞ！」

ローレンは斧を振り回し、その勢いで壁を崩した。

天才ミントが使う魔術だ。どの魔術も精度や効力は人一倍高いはずである。そんな魔術をいとも簡単に彼は破壊したのだ。

これがフェーリア王国最強と呼ばれる斧使いの実力である。

「すまんな！　俺は女性だからといって手加減はしない！　おらっ！」

「【防御結界】――うぐっ！」

一瞬で距離を詰めたローレンは、ミントの横腹に斧をぶち込んだ。

その威力は他の斧使いとは段違い。咄嗟に防御魔術を行使したため、飛ばされるだけで済んだが、少しでも反応が遅れていれば肋骨《ろっこつ》が砕《くだ》けていただろう。

「ふぅ、本当に馬鹿力ね」

「これが俺の取り柄《とりえ》だからな！」

ミントはローレンと距離を取り、荒れた呼吸を鎮める。

彼女にはマルクスのような打撃力も、オルタナのような射撃能力もない。

彼女にあるのは、ただひたすら極めてきた『魔術』だけだ。

どれだけ壁が高かろうが、これまでの努力が、学んできた知識が、動力源となって彼女を突き動かす。

「【浮遊】！」

ミントはロイドに鍛えられた【同時並列思考】を使い、浮遊魔術を行使する。

浮遊魔術は術式の構成が桁違《けたちが》いに難しく、他の技との同時行使など出来るはずがない。

だから彼女が浮遊したまま攻撃すると考える者はいなかった。

「【風の刃《ウインドカッター》】！」

ミントは空中に幾つもの【風の刃《ウインドカッター》】を出現させ、ローレンに放つ。

ローレンも対抗するように、水の加護を受けた斧を振り、水の刃を飛ばした。

双方の斬撃は空中で轟音を立てて爆散する。

ローレンは幾つもの魔術を相殺。ミントは魔術の同時行使である。

異次元の戦いを見ている観客たちは、盛り上がっているというより、安堵《あんど》しているようだった。

「良かった。やっぱりこれが戦いってやつだよな」

「あぁ。今までのは戦いじゃねぇよ。なんだよ拳で防御結界を割るって」

「あの魔弾使いもヤバかった。一発一発が上級魔術並みの威力とかふざけてんだろ」

本来A級冒険者同士の戦いなどお目にかかれない貴重なものだ。

しかし、今回は前菜で満腹になってしまったのだ。

魔弾使いに魔導拳闘士。未知の存在を見すぎた観客たちにとって、この試合はどことなく退屈に映っていた。

ミントはそんな観客の態度に少し頬を膨らませる。

(私よりオルタナとマルクスがいいの？　なら私が目を覚まさせてあげる)

一概にA級といっても、実力には差がある。

B級寄りのA級か、S級寄りのA級か。

それらの実力差は同じクラスとは思えないほど大きい。それこそ、もう一クラス作れるくらいはあるだろう。

だが、A級の中でのクラス分けはされていない。A級の基準に到達しただけでこの国では最強という扱いだからだ。その上のS級は、例外的な化け物のために用意された形式的な階級である。

マルクスと戦ったルースは、A級といえどその中では格下だ。

「ローレン。本気でいこうよ」

「いいぞ！　ミントがその気なら俺も本気を出そう！」

ローレンとミントはS級寄りのA級にあたる。

彼らが戦う光景は、二回戦のそれとは次元が違う。

「はあああぁぁぁぁ！」

「せやあああぁぁぁぁ！」

二人は咆哮《ほうこう》しながら、開いていた距離を一瞬で詰めた。

ローレンは水を纏った斬撃を繰り出し、ミントは自身に補助魔術を行使し、風の刃で斬撃を弾き飛ばす。

二人の戦闘はB級冒険者がやっと目で追えるスピードで行われた。ただの観客たちには、金属音と爆風しか感じられない。

「な、何が起こってるんだ!?」

「多分ローレンとミントが斬り合ってるんだ！」

「魔術師のミントがローレンについていけてるのか!?」

観客たちは分からないなりに、歓喜交じりの叫び声を上げた。

今、ミントがローレンの攻撃についていけているのは、ローレンが斧使いであったためだ。

斧使いは俊敏さに欠けており、その分腕力がある。そのため、ミントのステータスでも辛うじてついていけているのだ。

「おらおらおらおらっ！」

「はあああああぁぁ！」

二人は何度も斬撃で刻み合い、消耗《しょうもう》していく。

もちろん二つの魔術を同時行使しているミントのほうが消耗は激しい。

(なんでこんな戦い方をするんだ？　これでは俺のほうが有利だぞ！)

ローレンはミントと刃を交えながら思う。

ここまで力量が拮抗するとあとはスタミナの勝負になる。ただ杖を振るだけでも肉体的な疲労は積み重なるため、時間が経つにつれてミントの腕は上がらなくなり、いずれローレンが勝つだろう。

そんな冒険者の初歩と言うべきことにミントが気づかないはずがない。ローレンはそれが引っかかっていたのだ。

だが、相手がわざわざ自分のフィールドで戦ってくれているのだ。間違いなく好機でもあった。

ローレンは後ろに軽く跳躍し、ミントから適度な距離を取った。

彼は斧を肩に担ぎ、とどめの一撃を放つために腰を落とし構える。

「【水式秘術《アクアベルク》】！　三式！」

ローレンの秘技である【水式秘術《アクアベルク》】。

水の加護を応用した技であり、一式から三式と奥義の四つがある。

数字が上に行くほど威力は増していくため、三式はかなりの威力となる。奥義となるとそう簡単にお目にかかることは出来ない。

「へぇ。完全に仕留めに来るわけね」

ミントは【浮遊】を解いて地面に下りる。そして視線の先で溜めの姿勢をとっているローレンを見つめた。

ローレンは魔物以外に【水式秘術《アクアベルク》】を使わないことで有名である。人を殺すだけの威力があるからだ。

その彼がここで【水式秘術《アクアベルク》】を使った。それはミントのことを強者として認めている証拠である。

「ローレンの【水式秘術《アクアベルク》】!?　初めて見るぜ！」

「そりゃそうだろ！　【水式秘術《アクアベルク》】はダンジョンでしか使わないことで有名なんだから！」

「それを今目の前で見れるなんて最高じゃねぇか！」

観客たちも目を輝かせていた。

最強の斧使いが使う秘技。その威力を目に出来るのだ。興奮しない方がおかしいというものである。

ローレンはにんまりと笑みを浮かべて咆哮《ほうこう》した。

「【水之殲滅斧《アクアブレイカ》】！」

斧を媒体とし、水の加護によってその大きさは百倍以上に変貌した。

水で出来た巨大な斧。このステージを埋め尽くすほどの大きさだ。

観客たちはその異次元な光景に目を見開いて驚愕する。

「な、なんだあの巨大なやつは⁉」

「でかすぎだろ⁉　あんなのどうやって防ぐんだよ！」

「これがローレンの【水式秘術《アクアベルク》】……こんなのまともに食らえば木っ端微塵《こっぱみじん》だぞ！」

こんな巨大な斧を目にしたら誰もが戦意をなくすだろう。この先にあるのは『死』のみである。

だが、そんな状況でも笑っていられる例外がこの場に一人だけいた。

「ふっふっふ……」

この状況、この立場、この展開。ミントは全ての流れが予想通りであることに歪《いびつ》な笑みを浮かべる。

（ロイドはこの状況を予想してたってわけね）

ロイドと出会う前のミントであればここで棄権《きけん》していた。【水式秘術《アクアベルク》】に対抗する魔術など人間には行使出来ないのだから。

だが、今のミントは違う。

（ここで私が【水式秘術《アクアベルク》】を破壊する。これこそがロイドの視た光景ね）

「双方術式展開！　【岩の加速槍《レールランサー》】！　【拡大《ラージ》】！」

ミントは甲高《かんだか》く、自分の魔術を誇示するように叫んだ。

彼女の左右には何重にも重なる巨大な二つの術式が展開される。

ローレンの【水之殲滅斧《アクアブレイカ》】に見惚れていた観客たちの視線がミントに集中した。

「おい……おいおいおい⁉」

「双方術式展開⁉　なんだそれ！」

「しかもあの【岩の加速槍《レールランサー》】って魔術……オリジナル魔術じゃないか⁉」

観客たちの驚愕の波は収まらない。

術式展開とは詠唱の代わりとなる魔術の発動方法だ。本来脳内で想像する術式を、魔力を使って目に見えるかたちで展開する。可視化する分、術式の間違いは許されず、その魔術を完全に理解していなければ発動出来ない。

一方で、術式展開を使うと、巨大な魔術を一瞬で使える。元々詠唱しない彼女には必要ないと思うかもしれないが、それは大いに間違っている。

（ローレン。あなたのミスは、私が近接戦闘をした理由を知ろうとしなかったことよ）

簡単に言えば、術式とは作り置きである。

ミントは近接戦闘を行っている間に【岩の槍《ロックランサー》】と【風の波動《ウインドウェーブ》】の術式を完成させ、【同時並列思考】で【岩の加速槍《レールランサー》】を作ったのだ。

彼女はそんな融合魔術にさらに【拡大《ラージ》】を融合させようとしているわけだ。

「むぐぅ……出来た！」

今回は術式作りに時間をかけたため、高度な魔術でも融合させることが出来た。

実際、一度術式を作ってしまえばそれ以上の思考を必要としないため、融合させることだけに思考を使えるのだ。

（次からこれも術式使お）

こうしてミントは着実に化け物の階段を上っていくのだが、彼女がそれに気づくことはない。

「融合術式展開！　【巨大岩の加速槍《ラジレールランサー》】！」

ミントは融合させた術式を展開して、巨大な魔術を顕現《けんげん》させた。

こちらもまた、このステージを埋め尽くす巨大な岩の槍と制御された暴風。

そんな【水之殲滅斧《アクアブレイカ》】並みの魔術を見て、観客たちはただただ驚きをあらわにする。

「おいおいおい!?　なんだあの魔術！」

「魔術が合体したぞ!?　しかもあの大きさ！　【水之殲滅斧《アクアブレイカ》】と同じぐらいだ！」

「魔術の融合なんてあり得ないはずだ！　なんでこんなことが……」

「これが本物のA級……こんなのやばすぎだろ！」

観客たちは怪獣の頂上決戦を見ているような気分で二人の試合を見ていた。

そして、その頂上決戦はすぐに幕を閉じる。

二人は全力を出しきるべく咆哮した。

「打ち砕けええええええええぇぇぇぇ！」

「貫ぬけえええええええぇぇぇぇぇぇ！」

ローレンは巨大な斧をミント目掛けて振り下ろし、ミントは巨大な槍をローレン目掛けて放つ。

双方の魔術は巨大な爆発音を立てて衝突したのだった。

「「「ゴクリッ……」」」

砂ぼこりが舞い、よく見えないステージを観客たちは息を呑んで見守る。

ミントの奥義【巨大岩の加速槍《ラジレールランサー》】とローレンの秘技【水之殲滅斧《アクアブレイカ》】が衝突したのだ。

もともと運営が何重もの防御結界をステージに張っていたため、観客に被害はないが、数枚の防御結界は割れている。観客たちも今までにない迫力に呆然としていた。

徐々に砂ぼこりが落ち着き、戦闘の結果が見えてくる。

「ったく！　なんて威力だ……」

砂ぼこりの中から筋骨隆々の肉体を持つ人影が見え始めた。

顔を見なくともその体格で誰か判断出来る。

「か、勝ったのはローレンか!?」

「この声はローレンだぞ！」

「まぁ【水之殲滅斧《アクアブレイカ》】にはミントでも勝てなかったというわけか」

観客たちはその人影を見て口々にそう言った。だが、その中で一人だけ異論を述べる者がいた。

「いや、待てよ。ローレンの様子……変じゃないか？」

たった一人の言葉だ。誰も聞く耳を持とうとしない。

しかし、その言葉の正しさがすぐに証明された。

「まさか、俺が負けるとは……な」

「私の魔力も底をついたわ。ここまで全力を出したのは初めてよ」

ローレンは意識を保てなくなったのか、顔面から地面に倒れていく。そして、入れ違いになるように、倒れていたミントがゆっくりと立ち上がった。

観客たちは素《す》っ頓狂《とんきょう》な声を上げる。

「「「なっ⁉」」」

あの最強の斧使いと呼ばれたローレンを、あのギルド順位三位のギルマスであるローレンを、彼女は倒したのだ。

一人の魔術師が斧使いに勝った。

それは、魔術師は近接戦闘に弱いという固定観念を否定するのに十分な材料である。

「「「お、おおおおおおおおおおぉぉぉぉぉぉ‼」」」

その瞬間、会場は観客たちの歓喜の波に包まれたのだった。

†

『緑山の頂』と『碧海の白波』の対抗戦の結果はすぐに全国民に広まった。

ギルド順位七位の『緑山の頂』が三位に急浮上。魔弾使いに魔導拳闘士、さらには融合魔術などという人智を超えた技術を持つギルドマスター。

これだけでも一週間は話題になりそうである。

しかし、国民が一番驚いた事実は別にあった。


『雲隠の極月』の拠点の応接間にて。

「え!? 『碧海の白波』が僕たちの傘下に入る!?」

対抗戦終了後、ローレンは僕――ロイドを訪ねて頭を下げた。

「お願いだ！　俺たちを大将の配下に入れてくれ！」

「え？　いや、どういう風の吹き回しなんですか!?」

「前回と今回の対抗戦で痛感したんだ！　大将の力がどれだけ偉大かを！　俺たちも大将に強くしてもらいたい！」

ローレンの表情は一切ふざけたものではない。本心からそう思っているのだろう。

そう言ってくれるのは嬉しいが、僕としても心の準備というものがある。

「いや、大将って……僕は何の実力もない、それこそ戦えもしない助言士ですよ？」

「大将が戦えないなら俺が右腕となりミントが左腕となろう！」

まさかここで彼女の名前が出てくるとは思わなかった。

僕はローレンに聞き返した。

「ミント？　どういう――」

「私たち『緑山の頂』も同盟ではなく傘下に入ることにしたんだよ」

僕の言葉が遮られた。

応接間に入ってきたミントは、にんまりと笑みを浮かべている。

「は、はあああああぁぁ!?　なんでそんなことになってるんですか!?」

別のギルドの傘下に入るということは同盟とは大きく異なる。

順位に変更はないが、傘下に入ったギルドの実績の半分は、上に立つギルドに譲渡されることになるのだ。

つまり、僕たちギルド順位二十二位の『雲隠の極月』は、三位と四位のギルドの恩恵を受けることになる。

「それじゃあ僕たちにしか得がないですよね？」

「いや、あるぞ？　俺は大将に教育してほしい。それに、お、俺はエリスさんの魔術を受けて……

みたい」

ローレンは赤くなった頬をかきながら言った。

最近は「やばい魔術を受けてみた」、みたいな企画でも流行っているのだろうか。

いや、流石にギルドマスターが私情で動くはずがない。僕の聞き間違いだろう。

「もともと同盟には納得いってなかったもん。今回の対抗戦でなんでエリスちゃんがロイドに執着してるか分かった気がするよ」

ミントはローレンに賛同するように口にした。

「今の私たちにはロイドの指導が必要なんだよね」

「負けてすぐに『配下にしろ』。これは正直、調子のいい話だと分かってる。でも、俺はどうしても大将の行く末を近くで見たい。それに迷惑をかけた分、力になりたいんだ」

二人は律儀に膝を折り、首《こうべ》をたれる。

「え……」

これは古くからの慣習で、その者の配下になることを誓う儀式だ。

そう。僕が何と言おうと、二人ははなから決めていたのである。

「「どうか、俺（私）たちを雲隠の極月の配下に入れてください！」」

二人は真剣な面持ちで嘆願したのだった。

ローレンとミントの覚悟を感じた僕は渋々首を縦に振り、二つのギルドは正式に『雲隠の極月』の傘下に下ることになった。

その場で、僕ら三人はこんな話をした。

「雲隠に緑山に碧海……う～ん、共通点はないけど。ロイド、私たちの正式名称はどうするの？」

同盟ではなく傘下に入るとなると話は変わってくる。

個々のギルド名はそのままだが、三つまとめた時に、別の大きな組織として扱われることになるのだ。

「規格外な者ばかりだから……幻想郷《リュネール》。これでどうかな？」

「賛成だ！　なんかかっこいいじゃないか！」

「いいね！　じゃあ私たちが作る組織の名前はこれから幻想郷《リュネール》ということで！」

こうして僕たちは『幻想郷《リュネール》』と名乗ることになった。

†

「おい聞いたか？　『碧海の白波』と『緑山の頂』が下位グループの傘下に入ったこと」

「知ってるぜ！　『幻想郷《リュネール》』だろ」

「『幻想郷《リュネール》』？　なんだそれ？」

「そういう組織名らしいぜ。三位と四位が二十二位の下につくなんて、これはただごとじゃねぇぞ」

街を歩けば国民たちが噂し――

「おいおい……なんだよ『幻想郷《リュネール》』って！」

「えぐいよなぁ。雲隠って確か魔式拳銃を作ったニックのギルドも傘下に入れてなかったか？」

「まじかよ!?　なんなんだよ雲隠って！」

「ギルマスがまじで正体不明なんだよな。戦闘職でもないみたいだし……」

冒険者ギルドやダンジョンでは冒険者が噂する。

完全に『幻想郷《リュネール》』はフェーリア王国の特異点となっていた。

今やこの国では『幻想郷《リュネール》』を知らない者のほうが少ないだろう。

しかし、ロイドの名が広まることはなかった。

それは彼がスラム出身であるためか。それとも『太陽の化身』から追放したことをカイロスがもみ消したためか。

まだロイドの名前が広まることはなさそうだ。

†

対抗戦から一週間経ったある日。『雲隠の極月』の会議室では、現状報告会が始まろうとしていた。

僕――ロイドは、会議室の前で受付をしていたメイドのセリーナに声をかける。

「セリーナさん。代表たちは集まってます？」

「はい。五名全員揃っております。それとロイド様。もう敬語はおやめください」

僕も今では国中で噂される組織のトップである。メイドに敬語を使っていては小物と思われるかもしれない。

だが、彼女にはどことなく大物のオーラを感じるのだ。

「あ、そうだね。でもなんかセリーナには敬語を使っちゃうんだよね……って五名？　四人じゃなかったっけ？」

「一人だけどうしても話に加えてほしいと申す者がおりまして。ロイド様に判断をお任せしようと思い部屋に入れております」

今回の会議は『幻想郷《リュネール》』の代表たちを集めた会議である。

僕の中でメンバーは自分を入れて五人だったはずなのだが、あと一人は誰だろうか。

「了解。ありがとう」

「はい。会議が終わりましたらまたお呼びください」

セリーナは一礼してからメイドの仕事へと戻った。

セリーナと、彼女の後輩レイにはギルド関係の雑用を押し付けてしまっている。

早めに秘書を探した方がいいかもしれない。

ふぅ。なんか緊張するなぁ……

扉の前に立って僕は深呼吸した。やはり立場が変わると、プレッシャーも強くなる。

もう僕はエリスや仲間たちを守るだけではいけないのだ。この『幻想郷《リュネール》』に所属している者、全員を管理しなければならない。それが上に立つ者の役目である。

「おっ！　やっと来たか大将！」

「早く始めようよ。早く帰って融合魔術の練習がしたいの」

会議室に入ると正面にローレンとミントが座っていた。

そして、互いの顔が見えるよう、円卓に座っている。

二人はとても生き生きとしており、一週間前とは顔つきが変わっていた。

そして逆の意味で変わっている者もいる。

「ニック!?　どうしたんだいその目の下のくま!?」

「ろ、ロイドさん。あなたに言いたいことがあるんすよ」

ミントの隣に座っているニックの表情には活気の欠片もなかった。目の下のくまは、まるで筆で書いたのではないかと思うほど黒い。

「……っすよ」

彼はふらふらと僕のもとまで歩いてきて、がっしりと両肩を掴んだ。

「ん？」

彼の声が聞こえにくかったため僕は聞き返す。

すると彼は口を大きく開け、至近距離で吠《ほ》えた。

「ほんとにやりすぎなんっすよおおおぉぉぉぉ！　どれだけ忙しくなったと思うんっすか！」

「や、やりすぎ？」

「魔式拳銃は俺がやったんでまぁ置いておくっす。それより新人のことっすよ！」

ニックがここまで声を上げるのは久々である。

新人たちが問題を起こしたのかもしれない。

「新人が何かしたのかい？」

「何かしたのかい？　じゃないっすよ！　なんであんな才能の塊《かたまり》みたいなの入れるんっすか！　俺の立場が危うくなるんっすよ！」

ニックは涙目で訴えてくる。

彼には『雲隠の極月』の傘下に作った鍛冶師ギルド、『双翼《そうよく》の鍛冶』のトップを任せている。対抗戦の前に新人を何人か入れたのだが……

どうやらこのくまは、後輩に抜かされるプレッシャーで、徹夜をした結果のようだ。

そんな僕たちの会話に、別の少女が入ってきた。

「私もそう思う。ロイドさまやりすぎ」

「エルナまで!?」

彼女は『雲隠の極月』傘下の錬金術師ギルド、『双翼の錬金』のギルドマスターであるダークエルフの少女、エルナだ。

「みんな成長早い。私抜かれる」

「い、いやぁ。二人も十分化けてると思うんだけど……」

僕は苦笑いしながら、二人を【鑑定】する。

［ニック］　統率力　B↓A　ギルド管理　B↓A　装飾D↓B
［エルナ］　向上心　D↓A　知力　C↓B　器用　C↓B　創作　E↓C

本来ここまで成長するには数年はかかる。努力しても実らない職人だって何人もいるだろう。

僕が本気で教育しようと、普通の職人が短期間でここまで実力を伸ばすことはない。

これは彼らの途轍《とてつ》もない努力の結果である。

新人に抜かれるかもとぼやいているが、新人が彼らを抜かすことはまずないはずだ。

差が縮めば二人はさらに成長しようと努力する。もともと「底の味」を知っている二人だ。努力に関しては誰にも負けない。

「それとあと一人は……ん？　そのフードの人は誰だい？」

「やっと気づいたかい、ロイド」

僕は最後にフードの男に視線を移す。

この男がセリーナが言っていた五人目であろう。

鑑定を行えば誰なのか判明するものの、わざわざフードをかぶっているのだ。勝手に正体を見破るのは無礼である。

すると男はフードを勢い良く脱ぎ、にんまりと笑いながら告げた。

「俺だよ。アバドンだ」

「は？」

正面にいる男は眼帯をつけており、かなりの風格がある。

間違いなく、A級鍛冶師のアバドンであった。鑑定してもやはり結果は同じである。

「な、なんでアバドンさんがここにいるんですか⁉」

「もう敬語はやめてくれ。お前みたいな化け物に下手《したて》に出られたら気持ちが悪いからな」

アバドンはため息をつきながら言った。

その表情はどことなく疲れているように見える。

おそらくニックの魔式拳銃のことを聞きつけ、鍛冶師界の新星登場にショックでも受けているのだろう。

「俺のステータスをしっかりと【鑑定】すれば、ここへ来た理由が分かるんじゃないか？」

「ステータス？　いや、特に変化は……え？」

僕は先ほど見た彼のステータスを再度確認する。

【名前】　アバドン（29）
【肩書】　無所属・A級鍛冶師
【能力値】　体力　B／A　魔力　C／B　向上心　B／A
　　　　　統率力　B／A　知力　A／A
【スキル】　鍛冶師の極意《ごくい》　A／S　精霊付与《せいれいふよ》　B／B
【固有素質】　なし
【職業】　鍛冶師
【個性】　精魂《せいこん》　A／A　刀製作　A／S　金属形成　A／A

能力値や個性の欄に変わったところはない。

しかし、隅々まで見てようやくある変化に気づいた。

「む、む、無所属うううぅぅぅ!?」

そう、彼の大きな肩書である「隻眼の工房・ギルドマスター」が「無所属」になっているのだ。

無所属ということはつまり――

「せ、『隻眼の工房』はどうしたんだい!?」

最近驚くことが多すぎて耐性がついてきた。そんな僕もこれには唖然とするばかりで、思わず敬語を忘れていた。

アバドンは特に何でもない風に言う。

「副ギルマスのガドリックに預けてきた。あいつは俺と違って賢いからギルドを存続させてくれるはずだ」

「預けたってまさか……」

「あぁ。辞めてきた」

「は、はあああああああああぁぁぁぁぁぁぁぁ!?」

彼の口から聞くとさらに衝撃が増す。

国内最高峰の鍛冶師が国内で一番の鍛冶師ギルドを辞めてきたのだ。もはやこの国を揺るがす大ニュースと言っていい。

「もう製造ラインは確立されたし。俺がいる意味がないんだ」

「いやいや、だからってなんで辞めたんだよ!?　それこそあの地位は安泰だったんじゃ――」

「どうしてもロイドにお願いがあってな」

彼は僕の問いを遮った。

「俺を『双翼の鍛冶』に入れてほしい。それが俺の願いだ」

アバドンは真剣な眼差しを向けてくる。

「俺をこいつの教育係にさせてくれ。俺ならこいつを絶対にナンバーワンの鍛冶師にさせられる」

そう言ってアバドンはニックの頭に手を置く。

二人は一度、昇級試験で顔を合わせている。どうやら彼はニックのことをたいそう気に入っているらしい。

「君自身はもういいのかい？　君だって成長するためにここに来たんだろ？」

「俺はいいさ。もうロイドに十分夢を見させてもらった。どうせもう引退したようなもんだ。これからは新たな伝説を生む鍛冶師を育成することにするさ」

言い終えると、アバドンは改めて腰を直角に折り、頭を下げた。

「どうか……どうか俺をもう一度、あなたのもとで働かせてください」

アバドンは誠心誠意、僕と向き合うように深々と頭を下げた。

かつて僕が『太陽の化身』にいた時、アバドンには何度か助言をしたことがある。それを恩義に感じてくれているらしい。

彼はこの国で唯一の現役A級鍛冶師である。たとえ『隻眼の工房』を辞めたとしても、良い職場がすぐに見つかるだろう。本来であれば、こちらから頭を下げなければならないような人物なのだ。

だが、今回はいろいろ事情が込み入っている。

「アレンはどうするんだい？　君はアレンとパートナーシップ契約を結んでいるだろう」

一番大きな問題と言えばこれである。

『太陽の化身』の現在のエースと言える冒険者アレン。噂によれば、アバドンは彼と個人契約を結んでいるはずなのだ。

「それも副ギルマスに引き継ぎました。もともと俺は鍛冶師を引退する覚悟でここに来てます」

先ほどの態度とは打って変わって、アバドンは礼儀正しく言った。

元を辿れば、『隻眼の工房』が『太陽の化身』との付き合いを優先して、『雲隠の極月』への協力を断ったため、僕は自分で『双翼の鍛冶』を立ち上げるしかなかった。

アバドンはその当事者ではあるが、組織を抜けており、個人としても『太陽の化身』と縁を切っているのであれば、雇っても問題ない。

そもそも鍛冶職に就《つ》いたことのない僕がニックに教えられることなど限られている。それこそアバドンであれば、僕の十倍は効率良く指導出来るだろう。

残りの問題は、『双翼の鍛冶』の長であるニックの判断だけだ。

「ニック。君はどう思うんだい？」

「ギルドマスターとして俺は反対っす。もともと敵の陣営についていた人です。そう簡単に信じられるはずがないっすよ」

ニックは首を左右に振りながら答えた。その判断はギルドマスターとして正しい。僕もニックの立場ならそう言ったに違いない。

だが、ニックは苦渋の決断をするかのように表情を曇らせ、続けた。

「でも……鍛冶師の俺としては賛成っす……アバドンさんの指導は今の俺に足りないことっすから」

ニック個人にとって、最強の鍛冶師が教育係になるなんてまたとないチャンスだ。

それに、昔のアバドンとニックは境遇が似ている。アバドンももしかしたら、不遇をかこっていたかつての自分とニックを重ねているのかもしれない。

僕はニックの肩に手を置き、微笑みながら言った。

「ニック。君がしたいようにすればいい。不安要素の管理は僕の役目だからね」

「ロイドさん……」

僕には鍛冶の才も戦闘の才もない。

助言士である僕に出来ることがあるとすれば、仲間たちに思う存分暴れてもらえる環境を作ることだけである。

「アバドン。もう一度聞くが本当にいいのかい？　君はまだ若い。それこそこの国ではなく世界を狙えたりも――」

実績がありすぎて誤解しそうになるが、アバドンはまだ二十九歳である。それこそ鍛冶師にとってはこれからが本番。経験を活かした仕事が出来る頃合いだ。

そんな時期に引退するなど、人生を棒に振るようなものである。

だが、アバドンは首を左右に振りながら僕の言葉を遮った。

「俺は進め方を間違えたんです。ロイドの意見も聞かずに、規模をどんどん拡大させせました。結果、どこにでもあるようなギルドになったんです」

なら新たにギルドを作れば……なんて言うことは僕には出来なかった。

彼も彼なりに覚悟をして来ているのだ。一度自分が作ったギルドを辞めておきながら新たにギルドを作るなど、彼のプライドが許さないのだろう。

「俺はもう世に武具を出すつもりはありません。ただロイドにはたまにでいいので指導してほしい」

アバドンの渇きを癒せるのは、国内最高峰の鍛冶師という肩書でも、ギルドマスターという肩書でもない。ただ自分の技術を磨くことのみ。

彼も一度頂上に上り詰めたことで気づいたのだろう。一人で行ける場所には限界があるということに。

「俺はこのギルドを裏から支えたいんです。それこそ俺が憧れたロイドのように」

「僕を憧れにしているというのは同意しかねるけど、君の加入を認めるよ。あとはギルマスのニックの許可だけだ」

人々を普段から観察し、鑑定してきた僕でなくとも分かる。

アバドンがどれだけの覚悟をもってこの場に来たかということが。

内心疑っていたのが馬鹿馬鹿しい。彼も役職や肩書に囚われない、心からの職人なのだ。

そんな彼に向かってニックは深々と頭を下げた。

「こちらこそよろしくお願いいたします。師匠」

「それは俺のセリフだよ。よろしくな。ギルドマスター」

こうして新たに『双翼の鍛冶』にアバドンが加入することになった。

きっと未来で鍛冶師の歴史書が書かれたら、今この時を歴史的瞬間として刻んでいるだろう。そんな気がした。

「じゃあ会議を始めようか。アバドンも『幻想郷《リュネール》』に所属させるつもりだけどいいかな？」

「「異議なし」」

アバドンが立場も決まり、僕たちはやっと会議を始めることにした。

アバドンについては極力口外しないようにしよう。冒険者協会に提出する書類には嘘を書けないため、調べられたら分かるが、広めなければ知られることはないだろう。

「まずミントさんとローレンさんには、明日から火山のダンジョンに潜ってもらいます」

『雲隠の極月』の大きな目標、それは火山のダンジョンの攻略である。

二人はまだ火山のダンジョンには潜っていないため、一層から攻略を始めなければならないのだ。

ダンジョンは完全攻略されると崩壊し、また新たなダンジョンが生まれる。その入れ替わりは激しい。だからギルドマスターでも潜ったことのないダンジョンがあるのは珍しくない。

「二十三層からは人数より質だからね。ミントさんとローレンさんの二人だけで行ってもらう」

マルクスやオルタナ、ルースなどの幹部たちであればぎりぎり戦えるかもしれない。

しかし、ミントやエリスは次元が違うのだ。僕の見立てでは、ミントは正式な認可さえ下りればS級になれるし、エリスもS級に手が届きかけている。彼らが本気を出したら、そこいらのA級冒険者では足手まといにしかならない。

「そういえば、聞こうと思ってたんだけど『幻想郷《リュネール》』の最終目標って何なの？」

「それは俺も気になるな！　目標は大事だ！」

「やっぱりギルド順位一位を狙いに行くんすか？」

「一位。みんながいるならいける」

ミント、ローレン、ニック、エルナが思い思いに発言する。

皆は『幻想郷《リュネール》』の目標がギルド順位一位だと思っているのだろう。

これほど豪華なメンツが集まっているのだ。誰もがそう考えるはずだ。

しかし、この中で一人だけ、僕の考えを見抜いている者がいた。

「ロイドだぞ？　そんなの通過点に過ぎない。それよりもっとでかい目標があるだろ」

そう、一番付き合いが長いアバドンである。

僕は彼の言葉に同意して頷く。

「流石アバドン。その通りだよ」

「「「「は？」」」」

他の四人は自分の耳を疑うような声を上げた。無理もない。

そんな彼らに、僕は壮大な夢物語を告げた。

「僕たちの目標は、毎日が幸せだと思えるような、そんな日々を送ることだ」

フェーリア王国一番になることでも、世界一になることでもない。

毎日みんなが笑って暮らせる、そんなごく普通の、現実とはかけ離れた目標である。

二章　過去

——これで一応、一段落かな。

僕は本日の業務を終わらせて、ほっと溜息をつきながら思う。

既に太陽は沈んでおり、外には夜の帳《とばり》がおりていた。

ここ最近、色々なことがあったが、その後処理はかなり片付いた。

あと僕に出来ることがあるとすれば帰ってきた会員を労《ねぎら》い、助言をするぐらいだ。

「今日は久しぶりにスラムにでも顔を出そうかな」

そんなことを口にしながらギルドを後にする。

ここ最近はギルドの経営や、ミントたちの指導で忙しく、まともな休暇がなかった。

そのため、僕の生まれ故郷であるスラムに顔を出すことが出来ていなかったのだ。

「ここは何も変わらないな……」

数十分かけてスラム街に辿り着いた僕は、昔と変わらない景色に懐かしさを感じつつも落胆を隠せないでいた。

ギルド経営をしつつ、僕はこれまでスラム街の復興のために力を尽くしてきた。

無料で鑑定をして適性を見つけてあげたり、就職先を紹介したり、不定期に炊き出しを行ったり。

けれどそれはその場限りで、根本的な解決にはならない。それを証明しているような光景だった。

これから、どうやってスラム街と関わっていくのが正しいのか。

僕の生まれた場所だ。見捨てるという選択肢はない。今はギルドのことで手一杯だが、いつかはスラム街の住人たちにも幸せに笑ってもらいたい。

それに、優しかった彼女ならきっとこうしたはずだ。その意思を受け継ぐのが、僕にとって、そしてカイロスにとっても大事なことだと信じている。

そんなことを思っていると、すれ違った男が僕を呼び止めた。

「やぁ、久しぶりだね」

「え？」

「やっと君を見つけたよ」

「ッ!?」

突如感じる異様な気配。戦闘態勢に入るには十分な理由だった。

僕は護身用の短剣を取り出し、背後を振り返りながら後ろに跳躍しようとする。

しかし、僕が動くより先に男が魔術を発動した。

「無駄だよ。合成魔術【長距離転移《ロングテレポート》】」

その瞬間、僕の視界は一瞬で闇に包まれたのだった。

僕の意識は深く、より深く落ちていく。

知らず知らずのうちに閉じ込めていた記憶の奥底まで深く……深く…………

†

「……イド…………ロイド。もう朝だよ～」

沈んでいた意識を引き上げるように、明るい女性の声が響く。

しかし、僕の本能はその声を拒絶した。

「ん……まだ寝たい…………」

「だめ～今日は色々予定があるでしょ～」

睡眠欲が三大欲求と言われるだけのことはある。

昨日まで興奮して眠れなかったにもかかわらず、今は寝る方を優先しているではないか。

昨日さっさと寝ておけば良かった。まぁ今更後悔したところで、この欲求が満たされるわけではない。

「あとちょっと……だけ……」

僕は再び意識を沈めようとする。

しかし、彼女は物理的に僕の意識を叩き起こそうとした。

「ダメに決まってるでしょぉ！」

「うげっ！」

彼女は僕に覆いかぶさるように飛び乗る。

たとえ軽い女性の体とはいえ、僕は十二歳。三つも年上の女性に飛び乗られたらかなりの痛みが走る。その痛覚は僕の眠気を覚ますには十分だった。

「あら？　美少女が寝込みを襲ってあげてるというのになぜそんな嫌そうな表情をするのかしら？」

僕の腹の上に乗っている彼女は、にんまりと笑みを浮かべて尋ねてくる。

実際彼女は整った容姿をしているし、僕もドキリとしないといえば嘘になる。

だけど、美少女となると話は別だ。

「姉さんはもう少女っていうには微妙な歳じゃ――」

「そんなこと言う可愛い弟ちゃんにはお仕置きしちゃうゾ？」

「ぐはっ！」

彼女は満面の笑みで、僕の腹に鉄拳を突き刺す。

さて、どこの美少女が鉄拳を繰り出すというのだろうか。僕はそんな美少女なんて知らない。大体この国では十五歳が成人なんだから、姉さんはもう大人なのだ。

渋々起き上がると、見慣れた光景が目に入った。人が三人過ごすにはちょうどいい広さの石造りの部屋だ。窓ははまっておらず、壁も柱もボロい。僕が寝ていたソファも虫食いだらけで柔らかいとは言い難い。

「おっほん。朝からイチャイチャしないでもらいたいものだ」

僕たちのやり取りに苦笑を浮かべながら、続き部屋から男が顔を出した。

「あ、兄さん。もう準備したの？」

「ロイド。実はね。今日を一番楽しみにしてるのはカイロスお兄ちゃんなのよ？　恥ずかしいから顔には出してないだけで」

「なっ!?　リーシア！　ロイドの前でなんてことを！」

彼女の言葉を聞き、一瞬で兄さんの顔が真っ赤に染まる。

「お兄ちゃんもそろそろロイドの前でかっこつけるのはやめたら？　ロイドが本気でお兄ちゃんのこと尊敬しちゃうよ」

「お、俺が尊敬されない人間みたいに言うな。これでも一家の大黒柱だぞ？」

兄さんはこの中で最年長の二十二歳。僕と姉さんを守るために頑張ってくれているのだ。

明日が不安でないのは、カイロス兄さんがいるからと言っても過言ではない。

「大丈夫だよ兄さん。尊敬してる人は誰って聞かれたら僕は絶対に兄さんって言うから！」

「ロイド……お前は本当に自慢の弟だ！」

「あはっ、やめてよ兄さん」

姉さんに組み敷かれていた僕を引きずり出し、兄さんが高い高いするように持ち上げる。

赤ちゃん扱いされているようで、気恥ずかしさもあるが、尊敬する兄さんに褒めてもらえるのは嬉しかった。

「私のロイドなんだけど。返してくれない？」

姉さんは獲物を取られた気分なのか、頬をむすっと膨らませて僕を兄さんから奪おうとする。

だが、兄さんも対抗するように僕をさらに高く持ち上げた。

「いや、これは長男である俺のものだ。リーシアには渡さん」

「なんでよ！　まだロイド成分補充出来てないんだけど～」

僕に成分なんてあるのか。しかもそれを勝手に補充されていたとなると恐怖でしかない。

どうして神はこれほどまでに不公平なのだろうか。

こんな変態が美しくある必要があるのか。せめて変態をやめる努力をするならまだしも、姉さんの場合悪化しているような気がする。

僕は二人におずおずと告げた。

「二人とも。そろそろ準備しないと間に合わないんじゃ……」

「「そうだった！」」

二人は息ぴったりに言った。

今日は待ちに待ったスキル鑑定日である。絶対に遅れるわけにはいかないのだ。

二人は急いで身支度を始める。

とは言ってもここはスラム街。三人とも孤児であるため、持ち物もなく、飾り付けることも出来ない。

しかし、僕たちは誰一人として、こんな状況を恨んだことも悲しんだこともなかった。

たとえ血が繋がっていなくとも僕たち三人は家族。二人がいれば、どんな壁でも乗り越えていける。

「こんな日が毎日続けばいいのに……」

二人には聞こえない小さな声で呟いた。

しかし、そんな平和な日常は永遠には続かない。僕はその日そう思い知らされたのだった。


神の恩恵とも呼ばれるスキル。スキルはその者の人生を変えると言われており、スラム街の者たちにとっては唯一の救いだった。

スラム出身者が不利な扱いを受けずに済む職業は、冒険者ぐらいしかない。この街の子供は皆、自分が冒険者向きのスキルを授かることをどこかで期待している。

「何のスキルを持ってるのかな～！」

僕は教会までの道のりを歩きながら期待を膨らませる。

本来スキルを鑑定してもらうにはそこそこの費用を要する。スラム街の者たちには払えないほどだ。賭け事で大勝ちしたり、金持ちに気に入られたり、そういう幸運がなければスラムの者には人生逆転の機会すら与えられないのだ。

そんな鑑定を、無料でやってくれる人が最近現れた。それがこれから向かう教会の神父様である。今日は待ちに待った自分たちの順番であった。

姉さんは僕に言う。

「ロイドはね……優しそうなスキルをもらいそう」

「優しそうって冒険者向きじゃないってこと？　僕、冒険者をしたいのに……」

僕は一冊の本に書かれた英雄譚を読んでから、冒険者という職業に強い憧れを抱いていた。

どんな窮地でも皆を守るために立ち上がり、剣を振るう。そんな英雄とも思える職業に就きたいと思っていた。

しかし、姉さんと兄さんは僕の意見には賛同してくれない。

「私はあんまりロイドには冒険者になってほしくないわね。そんな危険な仕事は兄さんに任せておけばいいのよ」

「む？　俺の扱い雑すぎんか？　だが、まぁロイドにはいつも笑顔でいてもらいたいからな。家事系のスキルとか――」

「絶対にそれは嫌だから！」

僕は兄さんの言葉を遮り、拗《す》ねて頬を膨らませた。

僕はもう十二歳だ。二人が僕を心配してくれるのは理解出来るが、自分のことは自分でしたい年頃である。

早く大人になりたいと言えばいいだろうか。

それと、僕は恩返しがしたいのだと思う。

孤独だった僕を愛してくれた二人に、明日への希望を持たせてくれる家族に恩返しがしたいのだ。

そう考えたら親孝行に似ているかもしれない。

「ふぅ……やっと着いたな」

二十分ほど歩くと、白一色で塗られた建造物に辿り着いた。ここが教会である。

兄さんは緊張しているのか、手が震えているように見えた。

「ここが教会……」

教会の中に入ると高級そうな装飾に息を呑んだ。

いつも家とは呼べないような建物しか見たことがなかった僕たちにとって、教会は王宮と錯覚《さっかく》しそうなほどまぶしかった。

「おはようございます。カイロス様でしょうか？」

「そ、そうです……」

「分かりました。神父様がお待ちしております。どうぞこちらへ」

僕たちは神官の後を沈黙したままついていく。

本当は緊張を紛らわすために二人と話したい。しかし、静寂なこの場所では喋《しゃべ》ってはいけない。

そんな空気が流れていた。

鑑定部屋に辿り着くと神父らしき男性がいた。

神父と言えば白髭をたくさん生やしたおじいさんかと思っていたのだが、想像していたより若く見える。二十代前半ぐらいだろうか。

「こんにちは。カイロス様、リーシア様、ロイド様の三人のスキル鑑定でよろしいですね？」

「はい」

「では、お座りください」

神父は予約の情報と照らし合わせると、僕たちを椅子に座らせた。

「では早速鑑定を始めます。すぐに終わりますのでリラックスしてお待ちください」

神父は座っている僕たちを上から下までじろじろと観察し始める。

鑑定系のスキルを持っているのだろう。僕は魔道具で測定すると思っていたため、少し意外だった。

「へぇ……」

「ん？　な、何かおかしいことでもあるんですか？」

「いえいえ、もう少しで終わりますのでお待ちください」

僕を鑑定した時、神父がにんまりと笑ったように見えた。

しかし、僕の勘違いだったようだ。

神父はペンを走らせ、鑑定の結果を記していく。

「まずカイロス様。カイロス様のスキルは【成長増幅】です」

「それは強いスキルなんですか？」

兄さんにとっては、僕たちを守れるスキルであるかどうかが重要だ。冒険者向きのものか、せめて実用的なものであってほしい。ごくりと唾を呑んで兄さんは神父の答えを待つ。

しかし、神父の表情は曇り、申し訳なさそうに答えた。

「正直に言ってこのスキルは外れですね。人よりちょっと成長が速いというスキルです」

「えっ⁉　そんな……」

兄さんはその言葉を聞いて呆然とする。

そんな兄さんを放って、神父は次々にスキルの説明をしていった。

僕のスキルは【万能者《オールラウンダー》】。

全ての能力値が上昇するという強いスキルではある。だが、限界値というものがDクラスらしい。

限界値というのはいわば伸びしろで、どんなに【万能者《オールラウンダー》】のスキルを伸ばしてもDクラス以上にはならないのだ。

これも兄さん同様に、外れに当たるそうだ。

しかし、僕はこのスキルを外れだとは思わなかった。戦闘職向けであれば何でもいい。

「リーシア様は素晴らしいですね。二つも発現しています」

姉さんのスキルは【鑑定】と【上級剣技】。

神父曰《いわ》く、最初からスキルを二つ所持している者は稀《まれ》だそうだ。

【鑑定】に関しては外れスキルらしいが、【上級剣技】はかなり珍しいスキルである。剣技においてスキルの補助が入り、イメージ通りに体が動きやすくなるという能力。

これから努力すれば、剣士としてA級冒険者も望めるらしい。

「「ありがとうございました」」

僕と姉さんは深々と神父に頭を下げた。

これでこれから僕たちも方針を決め、仕事に就くことが出来る。兄さんにだけ負担をかけなくてもいいのだ。

「……あ、ありがとうございました」

兄さんはぼうっとしていたのか、遅れて頭を下げた。

「ふふっ……少しご相談したいことがあるので、リーシア様だけ残っていただけますか?」

「分かりました。二人は先に帰っててね」

僕と兄さんは姉さんの言葉に従い、この部屋をあとにしたのだった。


それから半年ほど経った頃だろうか。

「はぁ……なんでこんなことに……」

兄さんは呻くように吐き出した。

「クソがぁ！」

最近の兄さんは、毎晩遅くに帰ってきて、飲み明かすことが多い。

今までの仕事は十九時までだった。二十二時や二十三時になるなんてあり得ない。転職したのかと何度聞いても、何も兄さんは教えてくれないのだ。

「大丈夫だからね。ロイド」

「う、うん……」

姉さんと僕は隣の寝室で布団に入っている。

いつも、姉さんは僕を安心させるように頭を撫でてくれていた。

最近の兄さんからは笑顔が消えている。僕と話す時も作り笑顔だ。

目的は分からないけれど、兄さんが今までよりお金を稼ごうとしているのは僕にも分かる。

だけどここはスラムだ。キツい肉体労働ならまだましで、犯罪の手先に使われることもあれば、誰もやりたがらない汚れ仕事だって転がっている。しかもそういう仕事のほうが賃金が良い。

もちろんお金の重要性は理解している。いつも僕たちのために頑張ってくれている兄さんには感謝しきれない。

だが、家族の関係が壊れるのと引き換えになるのなら、僕は今までのように貧しい暮らしでもかまわない。

「私が……私がどうにかしないと……」

「ん？　姉さん？　何か言った？」

「ううん。今日は早く寝ようね」

姉さんはニコッと笑って布団をかけ直してくれる。

僕は言われた通り目を閉じ、意識を闇に落とした。

「おやすみ……ロイド」

「ん？　もう朝か……」

僕は窓から差し込む日の光によって目を覚ます。

自分で起きられたのはいつぶりだろうか。普段は姉さんが起こしに来るため、自分から起きるということは稀だった。

「姉さんが起こしに来ないなんて珍しい」

僕は起き上がり、隣にある姉さんの部屋を覗く。部屋と言っても布で仕切っているだけ。実際には同じ部屋だ。

「ん？　姉さん？　どこ行ったんだろう」

この半年の間、僕と姉さんは毎日、冒険者になるための修業をしている。学院に通える金などないため、独学で魔物と戦う力を身につけなければならないのだ。

姉さんのスキル【鑑定】があるため、僕たちの修業ははかどっていた。

「姉さんが何も言わずに出ていくなんて……」

自分で言うのもなんだが、姉さんはかなり僕を愛している。弟を一人にすることなんて今まで一度たりともなかった。

「まぁ僕の考えすぎかな。今日は一人で特訓しよ！」

これでは僕がシスコンのようになってしまうではないか。

「いっぱい成長して姉さんは驚かせてやるぞぉ！」

僕は少しの不安を抱えながらも、それを振り払うように修業に打ち込んだ。

出来るだけ早く兄さんを楽にさせてあげられるように。そんな一心で剣を振り続けた。

――また三人で笑って暮らせるように、僕が強くならないと！

しかし、僕のそんな平凡なごく普通の願いが叶うことはない。

この日、姉さんはうちに帰ってこなかった。

姉さんが家に帰らなかった次の日。

僕とカイロス兄さんは教会を訪れていた。

教会の神父が僕たちを呼び出したのだ。何やら神の祝福を与えるとかどうとか。

僕と兄さんが姉さんを捜しに出掛けようとした矢先、神官がやって来て、半ば強引に僕たち二人を連れ出してしまった。

「今日はご足労いただきありがとうございます」

「早く終わらせてください。この後も用事があるので」

神父の挨拶に、兄さんは不機嫌そうにしながら答えた。

昔は週に一度教会に通うほど信仰心があった兄さんも、ここ半年は一度も来ていない。あの日から姉さんもずっと心配そうにしているばかり。

スキルなんて鑑定しなければ良かったのに。そう思うけれど、それを口にすればさらに空気が険悪になるので、胸の中に留めた。

神父はそんな僕たちに満面の笑みで告げた。

「今日はなんとですね。お二人だけに特別に新しいスキルを授けようと思います」

「「なっ⁉」」

僕と兄さんは自分の耳を疑った。

「お二人にはどうやら神の祝福があったようです」

含みのある笑みで語る神父にどこか不信感を覚えてしまう。

しかし、兄さんは神父の言葉に魅入《みい》られたらしい。

「本当か⁉　今すぐやってくれ！」

スキル鑑定日から今日まで、一番苦悩していたのはカイロス兄さんだ。新しいスキルを授けてもらえると聞いて平常心を保てるはずがない。

「分かりました。ではお二人とも目を閉じてください」

神父の指示通り、僕と兄さんは目を閉じた。

その直後、何やら気持ちの悪い感覚が体を包み込んだ。異物を無理やり体にねじ込まれているよな、そんな感覚。

けれど、これに耐えれば新しいスキルを得られるのだ。

僕は我慢して神父の次の言葉を待った。

目を閉じて一分ほど経っただろうか。

「もう大丈夫ですよ」

神父の合図で僕はゆっくりと目を開いた。

兄さんは既に目を開けており、神父にがっつくようにして尋ねた。

「それで俺たちは新たに何のスキルを授かったんだ？」

「落ち着いてください。カイロス様から説明していきます」

神父は兄さんと僕を椅子に座らせる。

「カイロス様が授かったスキルは【上級剣技】です。剣技においてスキルの補助が入り、イメージ通りに体が動きやすくなるという能力ですね」

「そ、そうか！　これで俺も冒険者に……！」

兄さんは安堵と同時に力強く拳を握り締めた。

それもそのはず。このスキルさえあれば、剣士としての将来は約束されたようなもの。

まさか姉さんと同じスキルを授かるとは思わなかったが、これで二人の将来は安泰だろう。

「そしてロイド様は【鑑定】です」

「え？」

僕は思わず声を漏らしてしまった。

そんな僕を見て兄さんが励ましてくれる。

「まぁ戦闘職向きじゃないからな。だが、これからは俺がお前たちを守ってやる」

兄さんは僕が【鑑定】スキルにがっかりしたと思ったのだろう。

でもそうじゃない。冷静に考えれば兄さんだって分かるはずだ。

「ど、どうして授かったスキルが姉さんと全く同じものなんですか？」

僕は戸惑いながらも神父に尋ねた。

そしてようやく兄さんも気づいたらしい。

「そういえばそうだな。境遇が一緒だからとかそういう話なのか？」

違う。スキルとは先天性のものだ。いわば、その人格に宿るもの。

境遇が似ているからといって同じスキルが宿ることはない。

たまに、スキルを二つ以上持つ人間もいると聞くが、それは本人が死ぬほど努力した結果だ。僕と兄さんとは違う。

どうして僕はすぐに気づかなかったのか。

「二つ目のスキルを後から授かることなんて……あり得ない」

「なに？」

「普通に考えておかしい。タイミングも状況も……どういうことか説明してください、神父様」

姉さんと全く同じスキル。突如消えた姉さん。スキルを授けるという突然の提案。

これらを全て偶然と言い切るのは難しい。

すると神父は少しだけ口角を上げた。

「そうですね、それはリーシア様のスキルです」

「っ⁉」

「リーシア様のスキルを二人に譲渡しました。それが彼女の要望でしたので」

流石に僕たちも理解した。

こいつは普通の神父じゃない、と。

「……リーシアはどこだ？」

先ほどまで陽気だった兄さんは鋭い視線を神父に送る。

すると神父はぞっとするような顔で笑った。

「リーシア様はもういませんよ」

「どういう意味だ？」

「リーシア様なら昨日亡くなりました。お二人にスキルを譲渡する代償にね」

「……は？」

「――っ!!」

全身が固まって震える。

「戦慄《せんりつ》が走る」という言葉の意味を、この時初めて理解した。

「ははっ、何の冗談だ？　リーシアにドッキリみたいことを頼まれたのか？」

兄さんは冗談だと捉えたようだ。

けれど僕は兄さんのように笑うことは出来なかった。

「………」

なぜ神父の言葉が事実だと分かったのか。

その答えは僕の目の前にあった。

【名前】　カイロス（23）
【肩書】　E級冒険者
【能力値】　体力　B／B　魔力　D／C　向上心　C／S
　　　　　統率力　E／D　知力　D／A
【スキル】　上級剣技　E／B

「なんなんだこれは……」

兄さんの頭上に映っている文字。何度目をこすっても消えることはない。

「ちなみにお二人が持っていたスキルは回収させてもらいました。反発し合っていたので、放置していたら自我が崩壊しかねませんから」

神父の言葉を聞いてから、再び兄さんの頭上に表示された文字を見る。

そのスキル欄には、兄さんが持っていたはずの【成長増幅】が表示されていない。

「貴方の目もちゃんと機能しているみたいで良かったです、ロイド様」

神父は僕の目を見つめながら含みのある表情を作る。

迂遠《うえん》な言い方だが、神父はこう言いたいのだろう。

リーシアの【鑑定】をちゃんと受け継ぐことが出来て良かったと。

「……ロイド、どういうことだ？」

「ちゃんと【鑑定】が使えるんだ」

鑑定出来るということは、スキルが自分に宿っているということ。

「おい！　リーシアはどこだ？」

ようやく兄さんも普通の状況ではないと理解したようだ。

途轍もない剣幕で神父の胸ぐらを掴んだ。

「だから言ったでしょう？　亡くなっ――」

その瞬間、兄さんは神父を突き飛ばした。

それから腰に差していた長剣を抜いた。

「どうしていつもこういう展開になるんだ？　褒められることをしているはずなんだがなぁ？」

神父は乱暴な口調になって、心外だと言いたげに眉をひそめた。

僕たちを煽っているようには見えない。本気でこちらの感情が理解出来ないのだろう。

「ロイド！　お前は憲兵《けんぺい》を呼んで来い！」

「え？」

「俺はそれまでこいつを抑えておく……！」

覚悟の宿ったカイロス兄さんの瞳。僕が何を言っても兄さんは聞く耳を持たないだろう。

幼かった僕は兄さんの言う通り、教会を出て全速力でスラムにある憲兵所へと向かった。

そして僕が憲兵を連れて再び教会に戻ると、兄さんが神父を取り押さえていた。どうやら【上級剣技】を発動させたらしい。そして神父は憲兵に連れていかれた。

その後、憲兵の取り調べにより、神父は今までに何十人もの人間を手にかけた殺人鬼であることが分かった。そして姉さんは、一か月間捜索しても見つからなかった。

憲兵は神父が姉さんを処分したと結論付けた。なぜなら神父の住居から、何十人ものスキルを奪われた人の亡骸《なきがら》が見つかったからだ。

僕のスラム時代の記憶はここで終わっている。

†

ここはどこだろうか。

意識が朦朧《もうろう》として、夢なのか現実なのか区別が出来ない。

どこか深い場所に落ちた気がする。

「あ、目が覚めた？　ちょっと待って……今明るくしてやるからさ」

この声を僕は聞いたことがある。

先ほど僕を襲った男だろう。いや、それより前に、どこかで聞いたことがあるかもしれない。

男はカチャリという音をたてて、ライトのスイッチを入れた。

「くっ……」

真っ暗な闇に包まれていた状態から一転、明るい光が部屋中に届く。

急に明るくなって、目が焼けるようにしみた。

そして、徐々に痛みが治まり、視界に色が戻ってくる。やがて自分の置かれている状況を理解した。

「なんだよ……これ」

うつ伏せにされた状態で両腕両足を鎖で拘束され、身動きが取れなくなっていた。

「無理に外そうとするなよ？　その鎖、爆発するから」

僕の顔を覗き込むようにして男は言った。

僕はこの男を知っている。この男を忘れたことなど一度もない。

「お前はまさか……!?」

「俺の正体が分かったか？　八年ぶりだからな。忘れられたかと思って心配したよ」

三十代らしき男が発する明るく高いトーンが、感覚を狂わせる。

「なんでお前が生きて……」

それは、八年前に僕の姉――リーシアを殺した男だった。

【名前】　**ノワール（31）**
【肩書】　**不明**
【能力値】　**体力E／E　魔力　D／D　向上心　S／S**

【スキル】　　統率力　A／A　知力　S／S
【固有素質】　？？？
【職業】　　改造
【個性】　　改造士《チェンジャー》
【隠れスキル】　操作　S／S　保管　S／S　合成　A／A
　　　　　　改造　S／S

名前はノワールというらしい。僕の眼にはそう映っているが、もしかしたら偽名かもしれない。

改造士《チェンジャー》というのは主に武器や魔道具の改善、食物の品種改良などを行う仕事だ。だが、この男に限っては、別の「改造」を得意としている。

スキルの欄が不明になっているのも不気味だ。僕の【鑑定】と【心眼】ではこいつの正体を掴める気がしなかった。

「どうした、俺のステータスがちょこーっとだけ見えないのが不思議か？」

ノワールは僕を嘲笑うかのように口にした。

「そりゃあそうさ。お前の【鑑定】は俺がつけてやったんだから。どうだい？　あの女のスキルの使い心地は？」

「――――――ッ!!」

僕は声にならない叫び声を上げる。

今すぐこいつを殺してやりたい。その思いが僕の感情を埋め尽くす。

ノワールさえ殺せば全て満たされる。彼女の仇《かたき》さえ取れれば全て満たされるのだ。

しかし、拘束されているため、まともに起き上がることさえ出来ない。

「そんなキレんなよ。お前にとって俺は恩人だろう？」

「なにが……なにが恩人だぁ！　僕はお前を絶対に許さない！」

「うぇ。こわいこわい」

僕はへらへらと笑っている犯罪者に吠える。

「ふざけるなぁ！　お前のしたことは絶対に許されることじゃない！」

「まぁ若気の至りってやつさ」

ノワールはあっはっはと笑いながら答えた。

「ふ、ふ、ふざけるなぁあああああああ！」

僕の中で感情が爆発する。

この男は既に何十人も殺《あや》めている犯罪者だ。

この男のせいで僕の人生は全て狂った。僕だけではない。カイロスも同様である。

「いや、ふざけてないぜ？　俺の目的の糧《かて》となれたんだ。喜ぶべきだろ？」

「…………」

ノワールは自分の目的のためなら殺人も許容されると言いたいのだろう。

そんなことあっていいはずがない。許されていいはずがない。

「なぜ貴様のような男がのうのうと生きてるんだ！」

こいつは僕とカイロスが確実に捕らえた。そして国の憲兵団に突き出した。そのままこの国で最も厳重に管理されている地下牢に投獄《とうごく》されたはずだ。

何十人もの命をもてあそんだ男だ。死罪を免れるはずがない。僕はそう思っていた。

しかし、この憎き男は今こうして生きている。

「案外簡単に脱出出来たんだわ」

「は？」

僕はノワールが何を言っているのか分からなかった。

地下牢獄にはフェーリア王国で最高の警備体制が敷かれている。窓すらなく壁も絶対に壊せない黒曜石《こくようせき》で出来ている。逃げられるわけがない。なのに簡単に脱出出来た？　どうやって？

警備兵を買収したとしても、何重ものセキュリティを超えなければならない。それに地下牢獄の警備兵は国に絶対的な忠誠を誓い、魔法に基づいた契約をしている。買収など不可能なのだ。

「……だ」

「ん？」

僕の疑問が分かっているだろうに、ノワールは薄く笑うだけで答えなかった。

「お前の目的は何なんだ！　どうしてスキル譲渡と称して人を殺すんだ！」

僕はずっとノワールの目的が分からなかった。こいつの目的が人殺しならスキル譲渡なんてわざわざ面倒なことをする必要がない。ただ殺せばいいのだ。

「……まぁどうせお前はここで死ぬし、説明しても大丈夫かな？」

ノワールは近くにあった適当な椅子に腰を掛けた。

「昔々、俺にある日神様が言ったんだ。スキルを百回譲渡したら何でも願いを叶えてくれると。けれどスキルとは人間の心の一部のようなもの。一度取り出せばその精神は崩壊する。まぁ死ぬってことだ」

「は？」

「ここからが面倒でな。俺の持つ、スキルを人から人に譲渡する能力には条件があった。スキルを譲渡する側の人間が、心からその行為を受け入れなければならない。自分が死ぬことも含めてだ。要するに道端で適当にスキルを奪って適当な奴に譲渡する、なんてことは出来ないわけだ」

ノワールは眉間にしわを寄せ、面倒くさそうに語る。

「だから俺はスキル譲渡をするために教会を作り、神父としての活動を始めたってわけさ。まあ、懺悔《ざんげ》やら思いやりやらで、人のために命を使いたいって奴は意外にいるものだからね」

「……自分の私利私欲のために今まで人を殺しまくってきたということか？」

「なぜそうなる？　お前の姉もスキル譲渡を望んでいたんだぞ？　俺はただ慈善《じぜん》活動をしているに

過ぎないんだ。それこそ神の使いとして」

まるで自分には一切非がないというように誇らしげに語るノワール。

僕には彼が何を言っているのか理解出来なかった。同じ言語なのに、言い分が全く分からなかった。

「まぁそんなこんなで百回以上のスキル譲渡を行った。けれど神は俺の前に現れなかった。願いを叶えてくれなかった。神が俺に嘘をついたのか？　いや、そんなはずがない。だとすれば今までのスキル譲渡に失敗があったとしか考えられない」

ノワールは早口でそのまま続ける。

「考えられるのはお前たちだ。本来なら一人から一人に譲渡するべきスキルを、あの女があんなもの、ものの……まあそれはいい。とにかくあの女の望みで、お前と兄の二人に分けた。そこで何かしらの異常が起きたのだろう。だから俺はやり直すためにお前たちを殺しに……いや、スキルを取り返しに来たってわけだ」

これで納得したか、と椅子から立ち上がるノワール。

納得出来るわけがない。

「ふざけるなあああぁぁぁぁ！　どこまで人を馬鹿にすれば気が済むんだああああ――」

「うるさいなぁ。合成魔術【沈黙の鎖《サイレントレイン》】」

ノワールは僕を拘束していた鎖の上から、さらに別の鎖で拘束する。

「――ッ⁉」

どうやら【沈黙付与《イレイサー》】と拘束魔術の合成魔術のようだ。どれだけ叫ぼうとしても声が出ない。

「なんでだ？　少しぐらい喜んでくれてもいいだろう？」

ノワールは僕を煽っているわけではない。彼は本心から疑問に思っているのだ。

殺す殺す殺す殺す殺す殺す殺す殺す――

何も打開策を持たない非力な自分に腹が立つ。

何が助言士だ。何がリーシアの意思を引き継ぐだ。

僕が知らない間にも、こうしてリーシアを殺した相手はのうのうと生きていた。

僕は非力だ。僕は無知だ。僕はクズだ。僕は……

「失礼します。少しの間眠っていてください」

「うっ⁉」

僕の首元に衝撃が走った。

今の僕の注意は散漫だった。だが、殺気と言えるほどの敵意が向けられたら、流石に察知したはずだ。

ということはこの衝撃は敵意のないものであるということで……

そして、僕の意識は薄らいでいった。

†

ロイドを気絶させた者は、彼を少し離れた場所に寝かせる。

せっかくの楽しみを邪魔されたノワールは苛立ちをあらわにして尋ねた。

「誰だ、何の目的でここに来た……それにどうやってここまで辿り着いたんだ？」

「あのままではロイド様の自我が崩壊してしまいますから、応急処置です。この場所が分かった理由は、魔力残滓《ざんし》を追ってきたからです」

魔力残滓を感じるにはスキルか、長年の修業による鋭敏な感覚が必要だ。

ノワールは眼を大きく開いて女性を鑑定する。

しかし、すぐに異変に気づき驚愕した。

「なっ!?　なぜ見えない……お前は何者だ？」

「私はただのメイドです。あ、これ一回言ってみたかったんですよ。私にとってトラウマみたいなセリフなもので」

メイド姿の女性は苦笑を浮かべる。

だが、そんな言葉を真に受けるはずがない。

ノワールは戯言だと言うように否定する。

「ただのメイド？　そんなわけないだろう。俺の【鑑定】を妨害している時点でかなりの強者なんだからさ」

「これは私の力じゃありません。お姉さまの力です」

今まで【鑑定】で全てを見抜いてきたノワールにとって、正体不明の敵は初めてだった。

彼女はそんな彼の問いに答えるように、羽織《はお》っていたローブを脱ぐ。

そして、行儀良くスカートの裾をつまみ、頭を下げた。

「私はレイス。光の影に住む者。主であるロイド様の障害となる影は全て私が排除させていただきます」


時を遡《さかのぼ》ること約二時間。

ロイドがスラム街へ向かおうと『雲隠の極月』のギルドを出た後のことだ。

「お姉さま。今更なのですが戦闘職でないギルドマスターが一人で夜道を歩くのは危なくないですか？」

ギルド付きのメイドであるレイは、食器を片付けながら先輩のセリーナに聞く。

元々レイはレイスという名で『太陽の化身』に所属しており、カイロスへの報告のためにロイドを見張っていた密偵だ。それをセリーナに暴かれ、ボコボコにされた挙句、今では手下にされている。

その服従の証としてセリーナを「お姉さま」と呼んでいるのだった。

事情を知らないロイドには、上下関係のようなものだと伝えている。

「お姉さま」と呼ばれることに酔う気持ちがセリーナにないわけでもないが。

「夜道が危ないって、ロイド様のこと？　彼なら心配ないと思うけれど」

既に『雲隠の極月』の仲間たちはダンジョンへと向かっていて、ギルドには彼女たちしかいない。

いつも礼儀正しく、マナーの見本とも思われているセリーナはソファにぐでーんと寝っ転がっていた。

レイとは異なり、セリーナは大事《おおごと》ではないと思っているようだ。

「むぅ……」

しかし、レイの意見は変わらないようでセリーナに熱い視線を送った。

そんな彼女の根気に負けたセリーナは渋々首を縦に振る。

「はぁ……そこまで気になるならロイド様の護衛をしてきてもいいわよ」

「え、いいんですか⁉」

「今日の仕事は私がしておくわ。と言っても【陽炎《かげろう》】で分身体にやらすのだけれどね」

レイはセリーナの許可が下りるとパッと表情を明るくした。

そんな彼女を見てセリーナは苦笑を漏らす。

「レイはいつの間にかロイド様にぞっこんになってるわね」

「なっ⁉　そ、そんなことありません！　た、ただ……」

「ただ？」

セリーナはレイの心境の変化を微笑ましく思っていた。

最初はカイロスに心酔していてロイドを全否定していたが、今ではこうして彼を心配しているのだ。

レイは顔を赤らめた。

「彼はカイロスのように驕《おご》りもしないし、誰にでも手を差し伸べる優しさを持っている。私はそんなロイド様の人柄が好きなんです」

「ほら、やっぱり好きじゃない」

「そ、そ、そういうのじゃないんですって！　彼にはエリス様がいますし……でも、私は覚悟を決めました」

レイはロイドと接したことで、そしてセリーナの教育を受けたことで考え方が変わった。

ロイドは気づいていないだろう。だが、ここにも彼のおかげで正しい道を進めるようになった者がいる。

彼女は笑みを浮かべ、心に固く誓うように告げた。

「ロイド様には私たちの分まで輝いていてほしいんです。だから私はずっと光《ロイド》の影であり続けます」

レイは赤くなった表情を隠すようにせっせと準備をして、ロイドの後を追った。

ギルドに一人残ったセリーナはにんまりと笑みを浮かべてボソッと呟く。

「人はそれを告白って言うのだけれどね～」

『太陽の化身』の暗部で生き続け、人の心を失いかけていた彼女が、ここまで人間らしくなったのだ。

誰も今の彼女を、暗殺者だったなどとは思わないだろう。

そんな彼女の成長を見て、セリーナは師として嬉しく、しかし、嫉妬も感じるのだった。

「私もそっち側に戻りたかったわ……」


レイはロイドが行くであろうスラム街に向かっていた。

その道中で、先ほどセリーナに告げた言葉を思い返す。

（いやあああぁぁぁ！　私なんであんなことを!?）

レイは火照《ほて》っている顔を冷ますように両手でぱたぱたと風を送る。

今までならすぐに平常心に戻ることが出来た。自分の感情を制御出来ないなど暗殺者失格である。

（べ、別に私は彼の性格を好いているのであって、彼自身を好いているわけでは……）

レイは自分の感情に言い訳しようとする。

彼女は今までカイロスによって、諜報員や暗殺者として育てられてきた。

誰とも交流することなく、信じられるのは自分自身の刃だけと思っていたほど孤独であった。

誰も彼女を一人の女性として見ない。レイの存在を知る幹部でさえ、『太陽の化身』を裏から支える陰の実力者という認識である。

そんな彼女がメイドとして『雲隠の極月』で働くなど誰が想像しただろうか。

(私は多分……褒められたかったんだ)

料理を作ったら美味しいと言ってくれる。片づけをしたら助かっていると褒められる。レイがいて良かったと感謝される。

そんな何気ない日常の会話が彼女の凍った心を少しずつ溶かしていった。

暗殺以外にも誰かに必要とされる。それを実感することが出来たのだ。

(そもそも私がレイスだと知ったら彼はどんな反応をするのかな)

今、レイは十五歳の少女として『雲隠の極月』に所属している。しかし、これはセリーナによって作られた偽りの仮面。

本来の彼女は犯罪に手を染めた二十三歳の暗殺者。

そんなレイをロイドは許すだろうか。いや、許されたらレイ自身が自分を許せなくなる。

(私は影になると決めたんだから)

レイは今の仕事に誇りを持っており、セリーナに尊敬の念を抱いていた。

ロイドなら自分が集めた情報を上手く活用しくれる。正しいことに使ってくれる。そんな信頼があるからこそレイも、『太陽の化身』時代より積極的に諜報活動を行っている。

ロイドがレイを許せば、それは彼女が好いているロイドではなくなる。

(影の私は一生影であり続ければいいのよ……)

レイは自分にそう言い聞かせて邪念を振り払った。

物陰に隠れながら目的であるロイドの護衛を続ける。そんな時だった。

「合成魔術【長距離転移《ロングテレポート》】」

そんな彼女の思惑を遮るように目の前で異変が起きた。

「なっ!?」

レイの目にはしっかりと映っていた。ロイドがある男の魔術によって姿を消す瞬間が。

【転移《テレポート》】であれば半径五百メートル以内にはいるはずだ。しかし、あの男が使った魔術は聞いたこともなかった。

(お姉さまに報告しに戻る? でも、そうしたら唯一の手掛かりである魔力残滓が消える……私は……)

レイは自分の首元についている首輪に触れる。

傍から見れば可愛らしいチョーカーだが、これはセリーナがスキルを施した魔道具。このチョーカーを外すことで、レイは元のレイスの姿に戻ることが出来る。

セリーナはなぜかレイが自ら解除出来るようにしていた。

恐怖で束縛しているから安心しているのか、それとも信頼してくれているのか今のレイには分からない。

今ここで外せば、レイは全盛期の力を取り戻し、暗部時代の力を発揮出来る。

だが、それはロイドに自分の正体を明かすことと同じであった。

再び偽装した姿になることは出来ない。レイとしての自分はここで死ぬことになるのだ。

普通なら悩むだろう状況。しかし、レイの判断は一瞬だった。

「私は彼の影になるって決めたのよ！【偽装解除《ディスカード》】！」

たとえ二度とロイドと笑って話せなくなろうとも、ここで動かなければ絶対に後悔する、彼女はそう確信していた。

レイはチョーカーをその場に投げ捨て偽装を解除し、魔力残滓を追ったのだった。

そして今に至る。

「へぇ、俺とやる気なのかい？」

ロイドの精神状態を見て状況を理解したレイスは、顔に血管を浮き上がらせる。

「ロイド様をここまで苦しめた罪。万死に値《あたい》します。この方はこのような場所で壊れてはいけない存在です」

「ぞっこんじゃないか。ん？　こいつの彼女だったりするの？」

「そ、そ、そんなことはないです！　ロイド様は……」

からかうような言葉にレイスは一瞬で赤面した。

ノワールは彼女が動揺を見せた隙に魔術を放つ。

「あっはっは。こんな状況で惚気《のろけ》ないでくれよ。合成魔術【死滅の矢《エレボスアロー》】」

死滅属性を付与する魔術と、矢を発現させる魔術を組み合わせたものだ。

特に死滅属性付与はこの国では禁忌《きんき》とされているため、一般人が使用してはいけない禁術。触れるだけで、その部位の細胞が死滅する。生物を殺すためだけに作られた魔術なのだ。

レイスは太ももに差していた短剣を抜き、【死滅の矢《エレボスアロー》】を避けながら肉薄する。

「子供だましですか？　そんなもの、当たらなければ意味がない」

「へぇ～今のを回避出来るんだ。暗殺術でもかじってるのかい？　気持ちの切り替えが半端ないね」

奇襲に成功したと思っていたノワールにとって、レイスが避けたのは想定外だった。

彼もレイスがただのメイドだとあなどっていたわけではない。

しかし、まさか【死滅】を付与した矢に立ち向かってくるとは思わなかったようだ。

「合成スキル【断罪《だんざい》の双剣《そうけん》】！」

「なっ⁉　合成スキル⁉」

レイスは警戒を強め、一瞬で後退した。

扱える者がいるのかという点はさておき、合成魔術という概念自体は存在する。名称が異なるだけで、ミントの融合魔術と考え方は同じだ。

魔術を扱うには才能が必要だが、ミントのように数百、数千の魔術を扱える者もいる。その中の誰かがミント同様に、魔術の合成に成功する可能性はゼロではない。

(まさか【断罪の剣《つるぎ》】を【双剣】と組み合わせたの?)

しかし、スキルとなれば話は大いに変わってくる。

スキルはいわば才能。努力で後天的に得られることもあるが、魔術のように数十、数百など覚えられはしない。

そんなスキルを組み合わせて戦う者などいるはずがないのだ。

レイスの見たところ、ノワール自身はそこまで強くない。能力値だけで言えばD級冒険者、いや、E級かもしれない。

本来B級上位の力を持つレイスに、ノワールが勝てるわけがないのだ。

しかし、ノワールは異質である。その戦い方はスキルと魔術の乱打だ。

「おらおらおらぁ!」

「ちっ!」

ノワールから放たれる重い斬撃にレイスは顔を歪める。

ノワールは【断罪の剣】という高威力のスキルと、【双剣】という一本の剣を二本に分けるスキルを合成したようだ。

ただでさえ強力な【断罪の剣】が二本に増えるなど冗談ではない。

「合成魔術【業火の吹雪《インファーナルブリザード》】！」

ノワールが口にした瞬間、地獄かと思うような光景が広がった。

右からはどす黒い地獄の炎が、左からは真っ白な全てを凍《い》てつかせる氷風がレイスを襲う。

何度も対人戦を行い、経験を積んできたレイスでもこの状況には対応のしようがなかった。

（実力が違いすぎる……！）

ノワールに接近することさえ出来れば、レイスは首を飛ばせるだろう。

しかし、ノワールは絶対にそれを許さない。近づこうとすれば彼のスキルや魔術が放たれるはずだ。

（どうすれば……）

いつものレイスならこのような状況になったら、一目散に逃げていただろう。

暗殺には確実性が不可欠。勝てない戦いにわざわざ挑む必要はない。

しかし、今はロイドがいる。今の彼女にロイドを見捨てるという選択肢はなかった。

「はああああああああああぁぁぁぁぁ！」

レイスは雄たけびを上げながらノワールに突進したのだった。

「は？　馬鹿なのか？　突撃してきたところで魔術に潰されるだけだぞ？」

ノワールは目を丸くしてレイスを見る。

まさか突撃してくるとは思わなかったのだろう。

肉薄すればノワールにダメージを与えられる確率は上がる。だが、その分レイスが死ぬ確率も上がる。

「合成魔術【暴風斬撃《テンペストトレンド》】」

ノワールはレイスに幾つもの斬撃を放つ。

暴風を纏い、風によって刃が回転している。触れるだけで肉は裂け、骨が断たれるだろう。

それでもレイスは咆哮しながら突進する。

「はあああああぁぁぁぁぁぁ！」

彼女も出来るだけ斬撃を避けようとしているが、全部回避することは出来ず、服が破け、所々流血している。

痛みで動けなくなってもおかしくない状況だ。しかし、レイスの足は止まらない。

「おいおい、死ぬ気か？　合成魔術【暴風砲撃《テンペストサージ》】」

ノワールの手から、前方を埋め尽くすような風の爆撃が放たれる。

斬撃とは異なり、回避不可能。この魔術に関しては、肉が裂ける程度では済まない。全身の骨が砕け、再起不能となるだろう。

流石のレイスもこの魔術を前にすれば退く……ことはなかった。

（ふふっ、かかった！）

彼女はこれが目的だったのだ。

斬撃とは異なり、砲撃となると、次の一撃にこめる魔力を充填《じゅうてん》するまでにわずかながら時間がかかる。

一瞬の隙が生まれるのだ。

待ってましたと言わんばかりに、彼女はスキルを発動させる。

「【闇討《やみう》ち】！」

レイスは影に潜るようにノワールの目の前から姿を消した。

「なっ⁉」

一瞬でノワールの背後を取った彼女は短剣を首に突き刺し、頚椎《けいつい》を断裂させる。

そしてもう片方の短剣で首を刎《は》ね飛ばした。

ノワールの首は赤く咲く鮮血とともに宙を舞い、ボトッという鈍い音を立てて地に落ちる。

「早くロイド様を連れて帰らないと……」

レイス自身の怪我も浅くはない。致命傷ではないが早めに傷を塞がなければ命に関わる。

彼女はロイドを担ぎ上げ、この場を離れようとする。

しかし、その時、男の声が響いた。

「痛《い》てて……一発で刎ねてくれよ。脊髄《せきずい》は治すのに時間かかんだからさ」

「なっ⁉　ど、どうして！」

レイスは振り返ると、目を丸くした。

いつも冷静沈着な彼女がここまで驚くのは珍しい。それほどその光景は異常であったのだ。

「どうして……どうしてまだ生きてるの⁉」

そう、先ほど首を刎ねたはずのノワールが平然と立っていた。

彼の肩から上は何もなく、首は彼が抱きかかえるように持っている。

全てがおかしい。頭だけになって喋るのも、頭がなくなっているにもかかわらず立っている体も。

そして何よりおかしいのは、切ったはずの断面が何やら粘液のようなものでコーティングされていることだった。

「おいしょっと。ここをはめてと……これでよし」

ノワールはまるで人形のように自分の頭を体に取り付けた。

「な、なぜ死んでいない……？」

レイスは不可思議な光景にただただ呆然とする。

ざっくり切ったはずの頭がまるで吸い付くように胴体にくっついた。

今の彼を見ていると、先ほど首を切ったのは夢だったのではないかと思ってしまう。

「そんな、こんなことあっていいはずが……」

「しっかり驚いてくれたし。じゃあさっさと殺しますか」

「……ッ⁉」

レイスはこの時、初めてノワール相手に恐怖というものを感じた。

殺しても生き返る。逃げようとしても逃がしてくれない。どんな道を辿っても最終的に辿り着く場所が「死」になっているのだ。

ノワールは指をパチンと鳴らして魔術を発動させる。

「合成魔術【重圧の檻《グラビティケージ》】」

「ぐはっ！」

レイスを囲むように不可避の重力魔術が発動した。

彼女は避けることが出来ず、その場に叩きつけられる。その後も巨人に押し潰されていると錯覚するほどの重力に押し続けられた。

（これは、まずい……）

動かなければ圧迫死。逃げる場所などない。そもそもこの重圧から逃げられない。

唯一活路があるとすれば、目の前で歪《いびつ》な笑みを浮かべている術者《ノワール》を殺すことだけだ。

「はあああああぁぁぁぁぁ！」

レイスはうつ伏せのまま右腕を無理矢理動かし、短剣を全力で投げつける。

本来であれば絶対に届く距離。しかし、重圧が邪魔をする。

「こんなの届くはずないだろ？」

レイスの腕から放たれた瞬間、短剣はドスッと音を立てて地面に落ちた。

ノワールはそんな彼女の様子を見てもう一度指を鳴らす。

「第二段階《セカンドフェーズ》」

「うっ……あぁ……」

先ほどまでとは比べものにならない重圧がのしかかる。

彼女の骨はミシミシと鳴り、内臓も少しずつ押し潰されていた。このままでは本当に死ぬことになるだろう。

「とても興味深い。まさか二段階目になっても生きているとは思わなかった」

ノワールはレイスをじろじろと観察する。

その瞳から感じられるのは殺気ではない。ただの好奇心だ。こうして彼女を痛めつけているのも、好奇心を満たすためでしかない。

ノワールはレイスに近づき、肌に触れたりして細かく観察し始めた。

レイスは恥辱に耐えようと口を噛み締める。彼女はノワールが術を解除しない限り、何も出来ないのだ。彼に体を観察され、最後には押し潰されて四散する。

「やはりB級やA級は骨格から異なって――」

ノワールはとても興味深そうにレイスの体に触れた。

しかし、それを遮るように女性の声が響いた。

「ねぇ。私の所有物に何勝手に触れてるのかしら？」

「次から次へと何なんだよ……お前は誰だ？」

ノワールは振り返りながら女性を睨みつける。

しかし、彼女はそんな彼を殺気で塗り潰すように笑った。

「私はセリーナ。やっと会えたわね……しっかりと嬲《なぶ》り殺してあげる」

メイド姿のセリーナは太ももに隠していた短剣を手に取り、右手でぐるぐると遊ぶように回転させながら答える。

「レイスがチョーカーを外したから追ってきてみれば、まさか貴方に会えるなんて。運命ってあるものなのね」

セリーナはレイスがチョーカーを外したら自分に報告が来るように設定していた。

レイスがチョーカーを外すなど緊急事態以外にあり得ない。彼女なりに見守っていたのだろう。

しかし、このような事態になっていたとは思わなかったようだ。

「いやいや、俺、お前みたいなやつ知らな——」

ノワールは左右に首を振り、彼女の言葉を否定する。

だが、彼の言葉を最後まで聞くことは出来なかった。

「へぇ。確かに切った感触はあるのに。魔物のようにどこかに核でもあるのかしら？」

わずかな殺気も感じさせない、しかし残酷な一撃がノワールの首に入る。

全ての感情を省いた無慈悲なる一撃。それは暗部に勤めていたレイスもほれぼれするほどだった。

ノワールの首はクルクルと回転しながら宙を舞い、少し離れた場所に落ちる。

それと同時に、レイスを拘束していた【重圧の檻《グラビティケージ》】が解除された。

「レイス。魔術が解けたならロイド様を連れて帰りなさい」

「で、でもお姉さまが……」

「ふふっ、私が負けるとでも？　大丈夫だから。私もすぐに帰るわ」

体の自由が利くようになったレイスは頷くと、ロイドを担ぎ上げ、全速力で離脱する。

（あの子が私の心配をするなんてね……）

セリーナは彼女の成長を実感して、少し嫉妬するように微笑む。

そして、自分自身を嘲笑った。

「私はあの子のためなんかじゃなく、自分のために行動するというのに……」

彼女がレイスを離脱させた理由。それは彼女とロイドを守るためではない。

思う存分、目の前の敵を嬲り殺すためだ。

「おいおい。最近のメイドの間では人殺しが流行ってるのかい？　殺気を一ミリも感じなかったんだけど」

ノワールの胴体は、せっせと首を回収してつけ直す。

「久しぶりね。神父」

「だから知らないって言ってるだろ。お前なんて会ったことも――」

「自分の部下を殺した相手も覚えていないのかしら？」

「……ッ!?」

ノワールの言葉を遮ってセリーナは告げた。

その瞬間、余裕があった彼の表情が曇る。

「……何の冗談を言ってるんだ？　あいつは終身刑で刑務所に入れられてるはずだ」

「それが情状酌量《じょうじょうしゃくりょう》になったのよ。今はセリアナではなくてセリーナで通してるわ」

セリーナが真実を告げた瞬間、ノワールに怒りの感情が垣間見えた。

「ふふっ。私をはめたつもりだったのだろうけど残念ね」

「二十人も殺しておいて情状酌量だと？」

「その言葉はそのまま貴方にお返しするわ。でもまさか私も助かるなんて思っていなかったわよ」

セリーナとノワールの出会いは、五年前に遡る。

ノワールが地下牢獄から出て、別の国で新たに神父を再開した頃だった。

セリアナは毎日を幸せに生きていた。妹が四人いる五人家族で長女として大変なことはあったものの、毎日笑って生きていた。

しかし、ノワールにそんな日々を壊されたのだ。

あの頃のノワールは数十人の配下とともに、スラム街の子供を言葉巧みに騙し、スキル譲渡が可能な実験体を集めていた。

そんな彼らにセリアナの妹たちは騙され、全員が実験体にされたのだ。

復讐心に駆られたセリアナはナイフ一本を持って教会に突撃し、不在であったノワール以外を殺害したというわけである。

「あの時、お前さえいなければもっと早く計画が終わっていたんだ。そうすれば彼女だって……」

「貴方の言い訳なんて聞きたくもない。貴方たちはこれまで何十人もの子供を殺した。それだけよ」

セリーナはノワールの言葉になど聞く耳を持たない。

彼女はこの日を待っていたのだ。妹たちの仇を討つこの日を。

「さぁ！　殺し合いを始めましょう！」

セリーナは歪な笑みを浮かべながら短剣を構えたのだった。

三章　わたしたちにできること

「ねぇ！　ロイド様が誘拐されたってどういうことよ！」

エリスはギルド内の広間に座っていたニックの両肩を掴んで尋ねる。

ダンジョン攻略に赴いていたエリスと剣士ネロ、鬼頭族《オーガ》の双子ミィとリィ、ミント、ローレンの六人はロイドが誘拐されたという一報を受け、ダンジョンから緊急で帰ってきた。

ニックの隣にはエルナとその部下のレーナが座っていた。

奥にはニックとエルナの部下である職人たちもいる。

「あ、エリスさん……お帰りなさい」

「お帰りなさいじゃないわ！　今はロイド様のことを聞いてるのよ！」

「そうでしたね。ロイドさんは無事っすよ。今は自室にいます」

エリスたちはそれを聞き、胸を撫でおろす。状況は全く理解出来ていないが、今はロイドの安否が一番大事なことだった。

「無事なの!?　それなら良かったわ……でも、無事なのになんでそんな顔してるのよ？」

「それは……」

ニックは言葉を詰まらせる。

酷い表情をしているのはニックだけではない。全員が活気を失っていた。

何も言えないニックの代わりというように、女性の声が響く。

「本当に申し訳ございませんでした。全ては私の責任です」

「ん？　あなたは……」

エリスは聞き覚えのない声に首を傾げる。

この場にいるということは、誘拐の関係者なのだろう。

ミントたちが厳しい視線を送るが、一際激しい殺気が彼らの背後から伝わってきた。

「おい！　なんでここにお前がいるんだよ！　レイス！」

「うっ！」

ネロは頭を下げていたレイスの首根っこを掴み、壁に叩きつける。

レイスは叩きつけられた勢いで内臓が圧迫され、唾液を吐き出す。

「ふざけんなよ太陽のゴミが！　ロイドさんに何をしたんだ！」

「違うネロ！　レイスは――」

エルナはネロを制止した。

しかし、今のネロには何も聞こえないようだ。彼はもう一度レイスの胸ぐらを掴んだ。

「こうなるんだったらあの時、お前を殺しておけば良かったぜ！　こうやっていつもお前ら『太陽の化身』は俺たちを邪魔するよなぁ！」

「ネロ。やめて。まだ事情も聞いてないでしょ」

「うるせぇんだよエリス！　お前らは知らねぇかもしれねぇが、この女は『太陽の化身』の暗部なん――」

「黙ってって言ってるでしょ」

エリスはネロの頭に【ウォーターボール】を放った。

その魔術は限りなく威力の低い小さなものだった。

まさかエリスから攻撃が飛んでくるとは思ってもいなかったネロは、見事にずぶ濡れになった。

そんな彼を放って、エリスはレイスに近づく。

そして、怯える彼女を安心させるように告げた。

「ねぇレイス。あなた、レイでしょ？」

「え？」

「姿も声も違うけど分かるわ。雰囲気がそうだもの」

「いや、雰囲気って……」

「ずっと一緒に過ごしてたもの。分かって当たり前よ。だから分かるわ、あなたがロイド様を傷つけるはずがないって」

エリスは自分より荒れていたネロを見て落ち着いたのだろう。

その言葉を聞いて、レイスの目からどっと涙が零れ落ちた。

「わ、私のせい……なんです……う、うぅ……私が……私が間に合わなかったから……」

「ロイド様のために頑張ってくれたんだよね。大丈夫。大丈夫だから」

水浸しで呆然としているネロからレイスを奪い、エリスは震える彼女を抱きしめる。

そして、彼女が落ち着いたのを確認すると、微笑みながら尋ねた。

「落ち着いて状況を説明してくれる？」

「は、はい……ロイド様は………」

レイスは嗚咽《おえつ》を堪えながらも、エリスたちに一部始終を説明したのだった。

僕――ロイドは気がつくと自分の部屋へと戻されていた。

目が覚めた時に横にいたレイスが、自分が連れ帰ったのだと話してくれた。彼女は今までレイとして仕えていたのだと説明したが、僕はそれを上の空で聞き、生返事をするだけだった。

今頃、ノワールはどうなっているのだろうか。レイスが心配しなくていいと言っていたが……いや、今はそんなことどうでもいい。

「はぁ……」

僕は……僕は何のために生きてきたのだろうか。

今まで姉さん、リーシアが進むであろう道を僕は辿ってきた。

リーシアなら多くの者に慕われただろう。姉さんなら【鑑定】を使って多くの者の才能を見出しただろう。

僕はただ、亡くなったリーシアが歩むはずだった道を歩んできただけなのだ。

しかし、リーシアを殺した本人はのうのうと生きていた。

そんなことすら知らず、僕は日常に幸せを求めてしまっていた。

僕のこの幸せは、リーシアから貰ったものなのに。

「ああああああぁぁぁぁぁ――――!」

†

僕は全ての感情を吐き出すように叫んだ。

何が最強ギルドを目指すだ。何が隠れた才能を見出すだ。

そんなお気楽なことを考えている間にも、ノワールはさらなる被害者を作り出していた。

「あの時……なんで僕はノワールが死んだと思い込んだんだ！」

地下牢獄に入れれば絶対に表の世界には出てこられないと思っていた。死罪になることを疑わなかった。

そもそもおかしかった。あれほどの力を持っている男が兄さん、カイロスの上級剣術程度で制圧出来るはずがないのだ。

なのに僕は知らず知らずのうちに希望に縋《すが》った。いや、絶望から目を背《そむ》けたと言うべきか。

もう思い出したくなかった。

あったはずの家族三人の幸せを思い出すのも、それを一瞬にして奪われた瞬間を思い出すのももう嫌だった。

だから僕は、リーシアが歩んだはずの道を辿るなどという現実逃避を始めた。

楽だった。そうしていれば、今自分が生きていることに罪悪感を覚えなくて済むから。

でもその現実逃避は終わりだ。

「あ、あぁ、なんで僕は生きてんだろ……」

我に返ると急に虚無感が襲う。

全ては無力であった僕のせいだ。

僕が強ければ、僕が賢ければ、僕が、僕が僕が僕が僕が――

コンコンコン。

軽いノック音が、僕の思考を遮った。

「ロイド様。話したいことがあるんですけど、入ってもいいですか?」

「………」

「入りますね」

答える気力もない僕は黙り込んだ。

その沈黙を了承と捉えたエリスはゆっくりと扉を開けて、部屋に入ってきた。

そして、床に座り込んでいる僕を見て目を丸くする。

「ろ、ロイド様。だいじょうぶで――」

「出ていってくれないかい?」

僕は少し圧のある声でエリスに告げた。

無様な僕を、よりによってエリスに見られるだなんて耐えられない。

「今は放っておいてくれ。もう何も考えたくない」

ギルドマスターたる者が何を言っているのだろうか。

今が一番大切な時期だとみんなを鼓舞してきたのは僕だ。

エリスが帰ってきているということは、こうしているうちに『太陽の化身』がダンジョンの攻略を進めているということである。

今まで順調に進んでいた躍進劇も、僕のせいで無に帰す可能性があるわけだ。

しかし、今はもう何も考えたくない。考えられない。

「……」

それでもエリスはその場から動かなかった。

何らかの覚悟をしてきているのか、僕の前から微動《びどう》だにしない。

「何だよ……何か言いたいなら言えよ！」

僕はそんな彼女にきつく当たってしまう。

こんな腐っている僕を見て同情しているのか、それとも哀れんでいるのか。

別にどちらでもいい。この先も僕がこのギルドを引っ張っていくなんて無理だ。

今まで生き甲斐として人生を大きく占めていたものは、全てなくなっていた。

もう僕には何も残って……

「ロイド様。黙って聞いててください」

「……」

エリスは床に座り込んでいる僕を、両腕で包み込むように抱きしめる。

彼女の温かな胸が僕を受け止めた。

「私には好きな人がいるんです」

「は？　何を言って――」

意味が分からなかった。エリスは何を話しているんだ。

僕は彼女から離れようとするが、その腕は僕を逃がさない。

「その人は周りを幸せに出来る人なんです。いつも笑顔で優しくて。下を向いている人がいれば考える前に手を差し伸べる」

エリスは僕を抱えたまま話を続ける。

「その人は正直に言うと非力です。戦ったら私が勝ちます。でも、誰よりも努力している。誰よりも足掻《あが》いて、力よりもっと大切なものをたくさん持っています」

少しだけ腕を緩めて、エリスは僕の目を見た。

彼女の僕に向ける目は同情でも哀れみでもなかった。

慈愛《じあい》だ。まるで誰でも包み込むような慈愛。

そんな目と、光を失った僕の目が息のかかる距離で交差する。

「その人はいつも私たちを肯定してくれるんです。今まで不要と言われていた価値のない私たちを認めてくれる。私はその人がいるから胸を張って【ウォーターボール】を放てます」

なぜか僕は彼女の目から視線を離せなかった。

まるで吸い寄せられるように彼女の瞳を見つめる。

「私はその人の笑う顔が、緩む頬が、吊り上がる口角が好きです。その笑みを見ているだけで、自分たちまで幸せになれます」

「なんで、今、そんな話を……」

なぜこんな状況でそんな話をするのだろうか。どうしてここまで胸が苦しくなるのだろうか。

彼女が想いを連ねるたびに僕の心は悲鳴をあげる。

「私はその人の目が好きです。その目を向けられるたびに私はときめいてしまいます」

「………」

「私はその人の全てが本当に好きです。その人を守るためなら私は何でもします。何があろうと私は彼のそばにいます」

彼女は言い終えると腕に力を強く込める。

まるで自分のものだと宣言するように、細い華奢《きゃしゃ》な手で僕の肩を掴む。

少しでも動いたら唇と唇が触れ合う距離。互いの息がかかる距離で彼女は告げた。

「私は信じているんです。どれだけ困難な状況になろうと、どれだけ辛い立場になろうとその人は立ち上がってくれる」

「………」

僕は彼女から視線を逸らしそうになる。

何をしているのだろうか。エリスは何がしたいのだろうか。

僕には全く分からない。急に好きな人の話をするし、ここまで近づくなんて。

何も分からないのに、どうしてこんなにも僕の胸に温かく言葉が沁み込んでいくのだろう。

「だから私は彼を支えます。彼が私たちの英雄として再び立ち上がってくれることを信じて待ち続けます」

彼女は両手で僕の頭を挟み、彼女の額を僕の額につけた。

触れた箇所から彼女の熱が伝わってきて、空っぽになっていた心が満たされていく。

エリスは額をこすり合わせ、瞳を潤ませながら言った。


「私はロイド様を愛しています」

「――――ッ！」


彼女の表情が、彼女の言葉が、彼女の想いが、まるで自分を肯定してくれたようだった。

僕は何も出来なかった。リーシアの仇すら討てていなかった。

そんなクズな男を愛している？　笑わせるな。

僕はエリスを突き放すようにして抱擁《ほうよう》から脱する。

「やめてくれ……僕は所詮、姉さんが通るはずだった道を辿ってきただけだ！　エリスが考えるような大層な人間じゃないんだよ！」

もし、リーシアが死んでいたと思っていなければエリスとは出会わなかった。出会ったところで僕が彼女に手を差し伸べるとは思えなかった。

そんな結論に至った僕自身を殺したくなるほどに腹が立つ。

何がみんなを幸せにするだ。結局僕は自分を肯定するためにみんなを利用していただけじゃないか。

「姉さんが生きていれば！　ノワールと出会わなければ！　僕はエリスと、不遇な人たちと共に歩もうなんて思いもしなかったはずだ！　僕はそんな最低な――」

「――そんなの知りませんよ！」

僕の叫びを上から塗り潰すようにエリスは叫んだ。

穏やかな表情から一転、もう我慢出来ないと言うように彼女は僕の両肩をがっしりと掴む。

「私を助けてくれたのはリーシアさんでも、他の誰でもない。ロイド様！　貴方なんです！」

「だから、それは――」

エリスたちは僕を美化しすぎている。

実際の僕は一人では何も出来ない非力な人間。カイロスやリーシアに守られ、今だってエリスたちがいなければ何も実現出来やしない。

しかし、そんな僕を本心から肯定するようにエリスは語る。

「そんな知らない人の話をされても困ります！　私が信じてるのはロイド様なんですよ！　役職と

か関係なしに、貴方という人物を私は好いているんです！」

「でも僕は……」

「ロイド様！　貴方は貴方です！　こうして今、貴方を信じて、集まっている者たちは全て、助言士という職業を評価しているんじゃない！　ロイド様自身を評価してるんですよ！」

閉ざされた僕の心を無理矢理こじ開けるようにエリスは叫ぶ。

だが、とても受け入れられる気がしなかった。

「僕なんか……【鑑定】がなければ誰からも必要とされない人間だよ」

「私にはロイド様が必要ですよ。【鑑定】なんていりません。貴方という人間が必要なんです」

「僕は……自分じゃ何も出来ない……みんなを守る力なんてない非力な人間だ」

「なら私がロイド様を守ります。私の力はロイド様を守るためにあるんですから」

「僕は……僕は自分が嫌いだよ。結局いつも自分のことしか考えてない」

「いいじゃないですか。私はひたすら真っすぐ突き進むロイド様が好きです。貴方が私に手を差し伸べてくれたように、今度は私が貴方に手を差し伸べたい。一緒に隣を歩いて未来へ進んでいきたい」

エリスは再び僕の手を強く握り締める。

「これは世界一の助言士であるロイド様に贈る助言です」

彼女はうつむいていた僕と視線を合わせて微笑んだ。

「どうか私たちを頼ってください」

「――ッ!!」

どこかで聞いた言葉。誰かに言った気がするような言葉。

自分の中で何かがストンと落ちた気がした。

「で、でも、これは僕の問題なんだ。エリスたちに迷惑をかけるわけには……」

「一人で考え込まないでください。ロイド様の問題は私たちの問題です」

どうして、そこまで慕ってくれるのだろうか。

どうして、そこまで手を差し伸べてくれるのだろうか。

「みんなで補い合えばどんな困難でも乗り越えられる。そう教えてくれたのはロイド様じゃないですか」

「そんな言葉はまがい物だよ……どう足掻いたって過去は変わらないんだ……!」

何をしたって無駄だ。

リーシアは二度と帰ってこない。【鑑定】が僕の中から消えることもない。

この【鑑定】は呪い。僕がリーシアを殺したという呪いだ。

その呪いは死ぬまで僕を蝕《むしば》む。

「そうですね。過去はどうしたって変わりません……でも『未来』なら変えられます」

この先の未来に何があるというのか。

僕の目標は、生き甲斐はもうない。

もう何も僕には残っていない。未来にも希望を持てない。

「もう僕には――」

「今もリーシアさんのように苦しんでいる人がいるんですよ？」

「――ッ⁉」

エリスの言葉は深く沈んでいた僕を貫く。

そうだ。今もノワールは人々を苦しめている。

まだ戦いは終わっていない。こうしているうちにも被害者は生まれ続ける。

けれど僕に何が出来るのだろうか？

スキルを譲渡させるような常識の通用しない相手。そんな相手に僕は勝てるのだろうか。

「ロイド様。本当なら貴方を慰めて、優しい言葉をかけてあげたい……！　でも私は酷い女です。私はそんな言葉を言うつもりはありません」

「ど、どういう――」

意味が分からなかった。今までの言葉が優しくないとでも言うのだろうか。

彼女は僕の手を放すことなく、澄んだ声で告げた。

「立ち上がってください」

「――」

「前を向いてください」

「――――」

「落ち込んでいる暇があったら未来を見てください」

「――――」

エリスの言葉は確かに優しくない。ずっと前を向き続けろとでも言っているようなものだ。

このような状況で落ち込むな？　そんなの不可能に決まっている。

しかし、彼女はそれを許してくれない。

「自分自身が嫌い？　なら、これから好きになればいいんです。ここからやり直せばいいんです」

エリスの言葉は貪欲《どんよく》で強欲で、無理にもほどがあった。

今すぐ否定したい。弱い自分をさらけ出したい。

だが、そんな僕をエリスは許さない。

僕はそんな彼女の言葉をありがたく感じ始めていた。

「私たちはロイド様を支え続けます」

心が熱い。炎々と燃えている。

この感情は言葉には表せない。良いものか悪いものか判断することも出来なかった。

「誰も認めてくれないなら私たちが認めます。だから……」

全身が熱い。冷えて動かなかった脚はいつの間にか立ち上がれるようになっていた。

先ほどまで何もなかったはずの胸には今までで一番熱いものが満ちている。

エリスは目に涙を溜めながら、それでも無理に口角を上げて告げたのだった。


「再び立ち上がってください！　ロイド様！」


僕は何のために生きているのだろうか。

今ならその疑問にも答えられるかもしれない。

そうだ、僕を信じて慕ってくれるエリスたちの期待に応えるため。

「ありがとう――エリス」

そのために二度と僕は下を向かない――

†

「ただいま戻りました。エリス様」

「お帰りセリーナ。収穫はあったかしら？」

「えぇ、仕留めきれなかったものの、情報は得られました」

僕が自分の部屋から出ると、セリーナが突如現れた。

やはり彼女は実力者、それもミントやローレンを超えるS級冒険者相当の力を持っているのだろう。

彼女のステータスがあまりにも整いすぎており、違和感を覚えていたのだ。

まぁそれはレイスも同じなので、二人は協力関係にあった、そんなところなはずだ。

「そういえば、エリス。なんでリーシアのことを知ってたんだ？」

そのことだけが引っかかっていた。

彼女たちに僕の過去について話した覚えはない。リーシアという名前に疑問を挟まないこと自体おかしいのだ。

「それは……」

「ロイド様。それは私からお話ししましょう」

「そうだね。その異様な力についても説明してもらえると助かるよ」

エリスが口ごもると、セリーナが代わりに申し出た。

この問題の核心にセリーナが深く関わっていることは確かだろう。

セリーナがいなければ、レイスがいなければ、僕は生きていたか分からない。

「ロイド様のことです。思い切った行動に出るのでしょうから、ネロ様たちにはその時ロイド様の口からお話しください」

「そうするよ」

「では、私の過去について簡潔にご説明します……」

それから僕はセリーナの過去とノワールの関係について教えてもらった。

「そうだったんだね……なんと言えばいいか……」

「いえ、私の苦しみはロイド様のようには重くありません。ノワール以外とはいえ皆殺しに出来たのですから、私の苦しみは――」

「苦しみに重いも軽いもないよ。セリーナはもっと自分を大切にしてほしい」

セリーナの過去はなかなか壮絶なものだった。

僕なんかよりはるかに苦しいはずだ。家族が何人も殺されたのだから。

そんな過去を抱えつつも、全く表に出さなかった彼女には尊敬の念を抱く。

「それでこの国の王族と協力して情報を集めていたと？」

「えぇ、エリス様と関わりを持てたのもそれがきっかけです。本当にエリス様には感謝してもしきれません」

「たまたまよ。セリーナの目が今までの犯罪者の目とは違ってたから。調べさせたら犯罪組織が出てきたの」

セリーナの家族が失われた事件は他国で起こったが、彼女自身はフェーリア王国の生まれだったことで、本国に送還された。送還時に尾ひれのついた武勇伝が広まったことで、この国では大罪人セリアナの逸話が広まっている。僕も、その名前だけは知っていた。

エリスは王族として恩赦の手伝いをした時に、セリーナと出会ったのだそうだ。

ノワールが連れていた部下は、巨大な犯罪組織の構成員だった。セリーナが大量に葬ったとはいえ、組織は健在。人体実験に加担した者たちが野放しになっていると国民が知ったら、国が揺れるのは間違いない。

そこで王族とセリーナは協力することになったのだ。

セリーナが王族の目となり耳となることによって、世界中にある組織の支部を少しずつ潰していった。もちろん、フェーリア王国やセリーナが関わったという痕跡は消しながら。

「ロイド様の情報も調査の途中で知りました」

「エリスも僕の過去を知ってたの？」

「いいえ、私がそれを知ったのは最近です。ロイド様が打ち明けてくれるまでは黙っておこうと思ってました」

つくづく自分は最低だなと実感する。

エリスたちに余計な心配をさせたくなかったのは事実だ。だが、彼女が待ち続けてくれていたのであれば早々に打ち明けるべきだったのだ。

「それでロイド様。これからどうしますか？」

エリスはやる気満々という様子で尋ねてくる。

そうだ、過去は戻らない。今は未来に目を向けるしかないのだ。

「そういえばセリーナ。さっき言っていた情報ってのは？」

「あぁ、言い忘れてました。ノワールの拠点を特定しました。問題なのは戦力が足りないことでしょうか」

本当に感謝するばかりだ。それと同時に、やはりS級相当の彼女は途轍もない化け物だと痛感した。この短時間で、これほど情報を集めることが出来る者は他にはいないだろう。

そんな彼女に感謝をしつつ尋ねる。

「どのくらい必要なんだい？」

「ざっと見積もってS級三人分です」

A級が十人集まればS級一人分になると言われている。そして、A級一人分はB級が五十人。かなり厳しい条件だ。

だが、それでもやらなくてはならない。

それが僕の仕事であり、ギルドマスターの務めなのだから。

「分かったよ。二人は冒険者協会に行っててくれ」

「「冒険者協会？」」

唐突な命令に二人は首を傾げた。

僕は少しだけ口角を上げて言う。

「冒険者協会で『幻想郷《リュネール》』の緊急会議を行う。僕の伝手《つて》を全て使ってでも戦力を集めるさ」

そう言って僕は『雲隠の極月』をあとにした。

それから一時間後。

僕は馬車を降りて、二度と来ることはないと思っていたギルドを訪れていた。

建物に足を踏み入れた僕は、一直線に受付へと向かった。

「やぁ、久しぶりだね。セルローネ」

「ろ、ロイドさん⁉」

受付嬢のセルローネは僕を認識すると、目を見開いて驚いた。

それはそうだろう。なぜなら――

「追放されたはずの貴方がなぜここに……！」

それは、ここが『太陽の化身』だからだ。

国内最大手のギルドにして、最大の戦力を持つギルド。

「カイロスに会わせてくれないかい？　少し話がしたいんだ」

「ぎ、ギルドマスターは、ただいま不在でして……」

「嘘はいらないから。ここにカイロスがいるのは知っている」

「で、ですが……」

セルローネは黙り込んだ。

たとえ少し前まで幹部だったとしても、僕は追放されている。アポなしでギルドマスターに会わせてくれと言っても流石に無理があるか……

そう悩んでいると、僕たちの会話に男が介入してきた。

「いい、俺が許可する」

筋骨隆々の肉体を持つ大柄な青年。その体格に似合う巨大な大剣。彼には、普通の冒険者とは比べものにならない圧がある。

彼の名はエドガー。このギルドで四人しかいないA級冒険者の一人だ。

突如現れたエドガーにセルローネは動揺を隠せない。

「え、エドガー様!? ですが、ロイドさんはこのギルドから追放されていて……」

「なんだ？ 受付嬢が俺に逆らうのか？」

「いえっ！ そんな滅相もありません！」

エドガーがほんの少し睨みつけると、セルローネはたちまち怯《ひる》んだ。

A級冒険者の圧を受けたのだ。そうなるのも無理はない。

「俺がカイロスに許可を取るから、お前はそのまま仕事を続けるように」

「は、はい！ 承知いたしました！」

「ではロイド様、こちらに」

「あ、うん……」

僕はエドガーに案内されて、カイロスの部屋へと向かった。

エドガーの後を追いながら、僕は恐る恐る口を開く。

「君は確か……第二部隊にいた……」

「はい、エドガーといいます」

先ほどの受付嬢への態度とは異なり、礼儀正しい。

今まで何度か遠目に見たことはあったが、直接話すのは初めてだった。

「さっきは助けてくれてありがとう。君のおかげで助かったよ」

「いえ、ロイド様のお役に立てるのであれば本望です」

感謝を伝えるとエドガーは、とても嬉しそうにしていた。

僕の知る情報では、エドガーは不愛想であり、誰に対しても下手に出たりしない。ギルドマスターであるカイロスに対してもだ。

そんな彼が、僕に敬語を使う？　違和感どころではなかった。

「さっきから思ってたんだけど……僕に対しての態度がおかしくない？」

「そうですか？　特におかしくないはずですが……」

「カイロスにもそんな話し方をするのかい？」

「いえ、あいつにはタメ口ですけど？　俺が尊敬している人物はロイド様だけです」

エドガーは、当たり前と言いたげにそう答えた。

自分が所属しているギルドマスターではなく、敵対しているギルドマスターを尊敬する。これのどこがおかしくないのだろうか。

すると、エドガーは足を止め、僕のほうへと振り返った。

「俺はロイド様にとても感謝しているんですよ」

「僕に？」

「えぇ、貴方のおかげで俺は振り返ることが出来た。自分の原点を見つけることが出来たんです」

エドガーは力強い視線で僕を射貫く。

その表情から冗談は一ミリも窺えず、本心で言っているのだと感じる。

「正確にはネロとエリスさんの二人に気づかされたんですけどね」

「火山のダンジョンの時か……気づいてたのかい？」

あれはギルド『鬼の牙』との対抗戦前のこと。

火山のダンジョンで一度、エリスとネロがエドガーを助けたことがあった。

二人は絶対に気づかれていないと言い張っていたが、バレないはずがないよな。

「アハハ……そりゃあ、魔術を破壊したり、あんな巨大な【ウォーターボール】を放てる者は他にいませんから」

エドガーは苦笑交じりに言った。

彼はこのような笑みを漏らす男ではなかったはずだ。

『太陽の化身』は完全に腐敗していると思っていたのだが、もしかしたらそれは思い込みだったのかもしれない。

「俺はもっと強くなります。そして、エリスさんに言われたようにS級冒険者になってみせます。ネロにだって負けるつもりはありません」

エドガーは拳を強く握り締め、宣言した。

その姿はエリスやネロたちと同じものだった。絶対に成し遂げる、そんなやる気がビシビシと伝わってくる。

エドガーがいる限り、『太陽の化身』が潰れることはないだろう。

彼が中心となって改革してくれるはずだ。

「そして、S級冒険者になった暁《あかつき》には『雲隠の極月』に入りたい……そう思ってます」

「そうか……そんな日が来るのを楽しみにしてるよ」

僕がそう答えると、エドガーは嬉しそうにガッツポーズをする。

誰もが強くなりたい、頂上を目指したいと、そう願える日常。

そんな平穏な日々を守るために──

「ここまででいいよ。ここからは僕の仕事だ」

カイロス。君の力が必要なんだ。

エドガーと別れ、カイロスの部屋の前に立つ。

無駄に豪華な装飾に、どの部屋よりも大きな扉。

「懐かしいな……」

その光景を見て、ぼそっと漏らした。

俗に言うトラウマというものなのだろう。今でも追放された、あの瞬間を鮮明に思い出す。

追放されたことが悔しくて、認めたくなくて。でも、情けない姿を晒したくなくて。だから僕は逃げた。その先に何もないことを知っていながらも目を背けた。

でも、今は苦しみも辛さもなかった。

それは自分を必要としてくれる人たちに出会えたから。自分自身を好きになれたから。

それもこれも全て、運が良かったからだ。

エリスが手を差し伸べてくれなければ、ネロが僕を信頼してくれなければ、今の僕はいない。なら、今度は僕が手を差し伸べる番じゃないだろうか。

僕はゆっくりとカイロスの部屋の扉を押し開けた。

「やぁ元気にしてたかい？　カイロス」

「なっ⁉　ロイド⁉　貴様がどうしてここにいるんだ⁉」

頬杖をついて座っていたカイロスは、僕を見て飛び跳ねるようにして立ち上がった。表情はやつれており、疲れが垣間見える。僕たちのギルドへの対処で忙しいのだろう。だが、今日でそれも終わりだ。

僕は真剣な面持ちで告げる。

「単刀直入に言う。手を貸してほしい」

「……あっはっは！　何を言うかと思えば手を貸してほしい？　お前も聖女召喚《せいじょしょうかん》を狙っているんだな！」

聖女召喚。それは明後日行われる国一番のイベントのことだ。

異世界から強力な治癒能力を持つ人間を転生させる儀式である。

確かに聖女を手に入れたギルドはかなりの成長を見込めるだろう。昨日までの自分がその儀式に興味を持っていなかったと言えば嘘になる。

しかし今はそんなこと、どうだっていい。

「神父が生きていた」

「絶対に聖女は譲ら…………なんだと？」

腹を抱えて嘲笑っていたカイロスだが、僕の言葉に息を呑んだ。

たった一言で、彼の態度、雰囲気、全てが変わった。

そのまま僕は話を続ける。

「もうやめよう。カイロス……いや、兄さん」

「…………」

「あいつを倒すために兄さんの力が必要なんだ。もう兄弟喧嘩なんてしている余裕はない。だから……手を貸してほしい」

押し黙っているカイロスに、僕は頭を下げた。

流石の彼もここまでは想像していなかったのか、驚いているのが気配で分かる。

そして、しばらくの無言の後に、口を開いた。

「顔を上げろ、ロイド。さっさと内容を話してくれ」

「え、でも……あいつが生きてるなんてそう簡単に信じて……」

「お前がそんなに深刻な顔をするってことは真実なんだろう。いいから早く説明してくれ」

その姿は、いつかの兄の姿だった。

敵視する目ではなく、どこか温かみがあって、安心出来て。

二度と戻れないと思っていた関係に、少しでも近づけた。そう思うと本当に嬉しかった。

「分かった。つい先ほどの出来事なんだけど……」


僕は数十分かけて、現在の状況を説明したのだった。

話を聞き終えたカイロスは複雑な表情をしていた。

「そうか……やはり生きていたか」

「やはり？」

僕は自分の耳を疑った。

「ついてこい。お前に見せたいものがある」

それからカイロスは僕をギルドの地下へと案内した。

目的の場所に着くと、カイロスは僕に尋ねる。

「この場所について知っているか？」

僕とカイロスの前には厳重に施錠された扉があった。

他の部屋と比べて明らかに警戒度が段違いだ。物理的な鍵に加え、何重にも結界が張られている。

さらに扉の両脇には二人の男が立っていた。

「「お勤めご苦労様です」」

「お前たちは下がれ」

「「承知いたしました」」

二人は一礼すると持ち場を離れ、階段を上っていく。あの二人はB級冒険者だ。C級ならともかくB級となると、ただの部屋の警備にしては厳重すぎる。

「兄さんとフィルだけが入れる場所ってのは知ってる。でも何があるかとか目的とかは知らない」

僕も『太陽の化身』に属していたのだ。この部屋の存在は知っていた。

しかし入れるのはギルドマスターのカイロスと、ギルド一のA級治癒士であるフィルだけ。

僕ですら入ることは出来なかった。この部屋がある理由すら教えてもらえなかったのだ。

「私がお前の言葉をすぐに信じた理由はここにある」

そう言ってカイロスは何重もの鍵を解錠した。

部屋の中は薄暗かった。

あるのはベッドと椅子。あとは何かを隠すかのように吊られているカーテンだけ。

その奥のベッドには一人の女性が横たわっていた。

こんなに厳重に警備していたのだ。さぞ大事な人なのだろう。

そう思って僕はゆっくりと顔をのぞいた。

「……は？」

女性の顔を見た途端に僕は混乱した。

唖然、呆然、驚愕。言葉で表すことが出来ない。

「ね、姉さん？」

そう、そこに横たわっていたのは死んだはずのリーシアだった。

「…………」

「どういうことだよ、兄さん」

押し黙っているカイロスを僕は問い詰める。

「なんでここに姉さんがいるんだよ！」

あり得ない。あっていいはずがない。

八年前にリーシアはスキルを譲渡したことで死んだ。そうノワールや憲兵団から告げられた。

「姉さんは死んだはずじゃ……」

「いや、死んではなかったんだ」

「なら姉さんは生きて――」

「一言で表すなら仮死状態だ。意識はない。だから定期的にフィルに来てもらって面倒を見てもらっている」

もし八年間リーシアが死んではおらず、仮死状態だったとしよう。

意識がなければ生命を維持するのは不可能。

しかしそれを可能にしてしまうのがA級の治癒士だ。そう考えるとなぜフィルだけがこの部屋に入れたのか納得がいく。

「私がリーシアを見つけたのは偶然だった。六年前、病院に身元不明の眠り姫がいるという噂を聞いてな。もう二年も意識がないので病院側もどうするか困っていたらしい」

「眠り姫？」

「本当に偶然だった。病院で私はかなりやつれたリーシアを見つけた。二年間も仮死状態だったのだ。病院で施せることにも限界がある。そこで私がリーシアを引き取ったのだ」

「待って……待ってくれ！」

僕はカイロスの言葉を制止する。

一気に流れ込む情報量で脳の処理が間に合わない。

「姉さんを見つけたのは六年前って言ったよね？」

「あぁ。それからずっと私が面倒を見てきた」

六年前。確かカイロスが急にギルドを作ると言い出した時期だ。

あの日から僕とカイロスは兄弟ではなく、ギルドマスターと助言士としての関係になっていった。

違和感は覚えていた。普通に冒険者をしていたカイロスが、ギルドを作るどころか、一位を目指そうなんて言い出したのだから。

「リーシアは死ななかったが、私たちにはスキルが渡っている。ただの失敗かもしれないが、私はこう考えた。故意か偶然かは不明だが、奴の実験が途中で止まっているのだと。となる答えは一つ。神父……いや、ノワールは生きている」

そう、カイロスはノワールが生きていることを知っていた。

「八年前、私がノワールを制圧出来たのは、奴がわざと手を抜いたからだ。冒険者として経験を積むうちにそれがよく分かった。一人ではどうにもならないことも」

だから、カイロスはあれほど強さに固執した。ギルド順位に固執した。

つまり、『太陽の化身』はノワールを倒すために作られたギルドということである。

「ノワールを捕らえればリーシアの意識を回復させられるかもしれないからな」

「……なんで僕に言わなかったの？」

「お前に言ったところでどうなる？　何も変わらんだろう。先走って失敗するのがオチだ」

「それは……」

僕は言い返そうとして言葉が喉に詰まってしまった。

確かにカイロスの言う通りだ。『太陽の化身』にいた頃の僕は無力だった。

ただ才能を見つけて、それに沿って指導をするだけ。

僕自身には何の力もないのに、自分がいなければお前たちは埋もれていたんだ、と驕《おご》っていた。

無力で無知で傲慢な子供だった。

それに口では冷たく言っているが、カイロスは僕を巻き込まないようにしていたのかもしれない。

リーシアの仮死状態。これは明らかにイレギュラーだ。

本来スキルを奪われれば死ぬはずなのに死んでいない。

となれば、それに気づいたノワールが現れる可能性は高い。その時順位一位のギルドを率いるカイロスはすぐに目につくだろう。しかし裏方にいた僕はどうだろうか。

「もしかして僕を追放したのは僕を巻き込まないため……？」

僕は希望に縋るように聞いた。

あの時、関係は最悪だったけれど、家族として過ごしていたことがなかったことになるわけではない。

追放は表向きで、実はカイロスが僕を守るために――

「いや、下剋上しそうなお前が目障りだっただけだ。あのままでは私の地位が危うかったからな」

「あ、うん」

あっさりとそう告げられ僕はがっくりと肩を落とす。

期待した僕が馬鹿だった。

「とにかく、これを見ろ」

カイロスはカーテンを開ける。

するとそこには幾つものメモ書きがあった。

そして真ん中にはノワールの精密な似顔絵がある。

「これは……」

圧倒的な情報量だ。一年やそこらで集まる量ではない。

ノワールの情報はもちろん、関わった者たちや被害者、それらの情報全てがここにあった。

「どうやってこんな情報を……」

「どうもこうも全て一人で集めた。たとえ暗部の者であってもノワールの件を伝えるわけにはいかないからな」

「なっ……！　まさか兄さんが仕事をサボってたのって……」

カイロスはギルドマスターとしての業務はしていたが、それ以外の仕事は全くと言っていいほどしていなかった。

ギルドメンバーと関わることも少なかったのではなかろうか。

実務は幹部に任せ、それこそ口だけ出すお飾りのギルドマスター。そう呼んでいる者も少なくない。

正直僕も、カイロスは仕事をせずに、余った時間で遊んでいると思っていた。

しかし実はノワールについての情報を集めていたというわけだ。それも自分の足で。

「そんなことはどうでもいい。それより今はこれからどうすべきかだ」

「ちなみに手を貸してくれるって話でいいんだよね？」

「当たり前だ。『太陽の化身』の全戦力を動員する。冒険者協会に派遣して、事務作業も手伝わせる」

「えっ⁉　それじゃあダンジョン攻略は……」

「そんなものどうだっていい。元々ノワール討伐のために集めてきた人材たちだ」

あの貪欲な目をしていたカイロスはそこにはいなかった。

あるのはノワールを仕留めるという殺気だけ。

「私も冒険者協会に向かう。詳しくはそこで話そう」

†

ロイドが退出し、再び一人きりになると、私――カイロスは重いため息を吐いた。

「はぁ……」

自分の中に色々な感情が去来する。

歓喜、哀愁《あいしゅう》、後悔……もう感情の正体を判別することは出来ない。

「これが正しいやり方だったのか……？」

私は自分自身に問いかける。

今までの自分の行いが正しかった。そう思えるほど私もお気楽ではない。

それでも、自分の信念は貫いてきたつもりだった。

のうのうと生きているノワールを捕らえて殺す。そのために私はどんな手も使ってきた。自分の手を汚したことも何度もあった。

そんな自分を叱責するように、何度も問いかけた。

「本当にこのやり方が――」

「お久しぶりです……カイロス様」

私の呟きを遮るように聞き覚えのある女性の声が響いた。

視線を上げると、そこにはメイドの姿をした女性がいる。

彼女は今まで何度も頼ってきた暗部の人間――レイスだった。

「れ、レイス⁉　お前、生きていたのか⁉」

私は動揺しながらも尋ねる。

半年以上は顔を出していなかったのではないだろうか。レイスは突如、何も言わずに姿を消したため、てっきり死んだのだと思っていた。

すると、彼女は微笑みながら告げた。

「もうその名は捨てました。今はロイド様のもとでレイとして忠誠を誓っています」

「そ、そうか……それなら良かった……」

もともとレイス……いや、レイはロイドが発掘した人材だ。

ロイドなら彼女の力を最大限活かすことが出来る。

彼女にとっても『太陽の化身』で腐るぐらいなら、ロイドのもとにいる方が幸せだろう。

「どうして急に現れた？　復讐でもしに来たのか？」

私は自虐的な笑みを浮かべた。

今まで私はレイを見出したのは自分だと偽り、彼女を利用してきた。ロイドと直接話したのなら、もうその真実も知っているのだろう。

怒りを覚えても不思議ではない。

「いえ、ただ励ましに参りました」

レイはあっさりと告げた。その表情には怒りや憎しみはない。

私は困惑してしまう。

「なぜだ？　私はお前を騙してたんだぞ？」

「それもこれもロイド様のため……そうですよね？」

「――っ!?」

「カイロス様のこと、調べさせてもらいました」

私は思わず息を呑んだ。

レイは淡々と話す。

「カイロス様はもともとノワールが生きていることを知っていた。だから『太陽の化身』を作ったんですよね。ノワールの目を引くために」

「そ、そんなのただの妄想だろう……」

「『太陽の化身』は順調にギルド順位一位になった。でも、ロイド様を危険にさらすわけにはいかない。だから幹部の座から下ろした。まぁ私利私欲もあったみたいですけど」

まるで全てを知っているぞと言いたげな表情だ。

否定しようと思ったが、ここまで知られているなら意味がない。

「あっはっは……その通りだよ。まぁ結局私には何も見えていなかったがな。妹を助けるためと言って弟を傷つけていた。兄として失格だ」

私は視線を落としながらそう言い捨てた。

リーシアを……妹を失って誓った。

絶対にロイドを守る。そして、ノワールをこの手で殺してリーシアを取り戻すと。

だから憎まれ役を引き受けた。たとえ兄弟仲が悪くなろうと、ロイドが無事なら、弟が守れるなら。

なのに結局、ロイドを巻き込んでしまった。

本来ならノワールを殺す計画も、自分と『太陽の化身』の一部側近だけで実行する予定だった。

そして元気なリーシアを見せて仲直りをするのが夢だった。

そうやって、ロイドを危険から遠ざけているうちに、いつしか疎ましく思うようにもなっていたのだ。

何も知らずに部下たちの信頼を集め、私の人望さえも奪っていく。それが妬ましかった。

レイの言ったように、私利私欲のためにロイドを追放したというのも、一面では正しいのだ。

「本当に私は生きる価値のない人間だ。リーシアではなく、私が死んでいたら――」

「これから壮絶な戦いが始まります。ノワールとの全面戦争ですからね」

「は？　急に何を――」

私の言葉を遮って、レイが距離を詰める。

そして、彼女はなぜか両手を広げた。

「だから、今だけは感謝させてください。孤独の中よく頑張ってくれました」

そっとレイの腕が私を優しく包み込む。

自分のやってきたことは変わらない。何も消えない。

それらは一生背負っていかなければならない業《ごう》だ。

それでも、ほんの少しだけ報われたような気がして。

「ううぅ……あぁぁ……‼」

この時。私はリーシアを失って初めて、声を上げて涙を流した。

幕間　あの日

八年前のあの日――

リーシアはロイドを起こさないように朝早く起き、教会へと向かった。

「おはようございます。神父様」

「おや、リーシア様ではありませんか。こんな朝早くにどういった御用で？」

神父はにっこりと笑みを浮かべてリーシアを部屋へと通した。

「……前にお話しいただいた件についてお願いしたくて」

リーシアは視線を落とし小さな声で言った。

そんな彼女を見て神父は目を丸くするが、すぐにいつもの笑顔に戻る。

「ここではなんですから奥の部屋で話しましょうか」

神父は彼女を奥の部屋へと連れて行った。その部屋には防音結界が張られている。普通の教会にはない設備だ。

扉を閉めると神父の様子が一変する。

「さて、こんな気持ち悪い話し方もやめるか。相談内容はスキル譲渡のことでいいんだな？」

まるで別人かと思う変わりようだ。しかしリーシアが驚くことはない。

彼女はこの状態の神父と話したことがあった。

リーシアは顔を歪めながらもゆっくりと首を縦に振る。

「……その通りです」

「やっぱりなぁ！　本当に人間のすることは愚かで見ていて面白いよ！　あの時はもしかしたらと思って話したが、まさかこうも上手くいくとはなぁ」

神父は愉快そうに歪な笑みを漏らす。

スキル鑑定をした日。神父はリーシアだけを残して、とある提案をした。

彼女自身の命と引き換えに、彼女のスキルを兄弟のどちらかに譲渡しないかというもの。

その時の彼女は馬鹿らしいと神父の提案を一蹴した。自分の命と引き換え、というのはともかくスキルを譲渡出来るなど信じられなかったのだ。

それにこの時のリーシアは、そのようなことをせずとも日々の幸せを嚙みしめていた。

けれど、スキル鑑定日を境にリーシアたちの家族は壊れていった。

外れスキルだったカイロスは冒険者になれない。かといって今までの稼ぎでは、日々成長していくリーシアとロイドを養い続けられるか不安だ。カイロスは二人を何とか学院に通わせたいとも思っていた。

そこでスラム街ではごく普通の不法な労働を始めた。善良な心を蝕む仕事だ。家族の大黒柱であるカイロスが壊れると家族も自然に壊れていく。笑顔が当たり前にあった家族はもう存在しないのだ。

「命が引き換えになることは覚悟しているんだよね？」

「……はい」

リーシアは瞳に覚悟を宿して神父の問いに頷いた。

彼女はそれを覚悟してここに来たのだ。

それもこれも全ては家族である二人の人生を明るくするため。

「私の【上級剣技】をカイロスに、【鑑定】をロイドに譲渡してください」

【上級剣技】があればカイロスは力を得ることが出来る。ダンジョンで金を稼ぐことも容易であろう。今のように不法な労働で精神を摩耗《まもう》することもない。

ロイドのスキル【万能者《オールラウンダー》】はすぐに伸びしろに限界が来る。賢いロイドであれば【鑑定】を上手く使いこなし、多くの者を導いてくれるだろう。

「それは難しいなぁ。普通、スキルは一人から一人に譲渡するものだから」

先ほどまで乗り気だった神父が、悩ましそうに言った。

彼曰くそもそもスキル二つ持ちが珍しい。それを一つずつ別の人間に譲渡するなど異例のことらしい。

「もしそれが出来ないのであればこの話はなかったことにさせてもらいます」

リーシアは臆することなく言い切った。

片方だけが幸せになっても意味がない。

二人とも幸せにならなければ、この命を捧げることは出来ない。

「……分かったよ。失敗しても知らないからな？」

神父は渋々彼女の提案を受け入れた。

するとリーシアは、神父の前に一枚の紙を差し出す。

「言葉だけでは信じられません。なのでこの契約書に署名してください」

「……はっはっは、入念なことだ」

薄ら笑いが神父の顔から消えた。

その契約書は、普通のものではなかった。

「もし契約を破ればあなたの心臓が貫かれることになっています。なおこれは私の死後も有効です」

「そこまで強力な契約書、さぞかし高価だっただろう？　どうやってスラムに住む君が手に入れられたのかなぁ？」

神父は上から下へとリーシアの身体をなぞるように視線を動かす。

リーシアが持ってきた契約書は最上位の効力を持つ。

スラム街の人が全財産をはたいても買えるか分からない代物だ。

リーシアは神父の問いには答えず言う。

「二人には私はダンジョンで死んだと言ってもらえますか？」

「あっはっは！　これじゃあ俺じゃなくて君たちがおかしいみたいだ！」

自分が誘導する必要もなく、リーシアは都合の良いほうへ話を進めていく。

まさか自ら命を差し出すとは想像していなかった。

「ニャア～」

「ん？　なんだ猫か」

突然の猫の鳴き声に、神父は少し驚いた。視線をやれば、どこから入ってきたのか、野良猫が部屋の片隅で毛づくろいをしている。

防音結界があるというだけで、隙間がないわけではない。神父は気にすることなく、目の前のリーシアに集中する。

「よし、じゃあ早速始めようか」

神父は早速、リーシアと契約を結ぶ。その瞬間、神父の魂に決して破れることのない刻印が刻まれた。

その後、神父は口角を吊り上げ、リーシアに手をかざした。スキル譲渡の儀式の開始だ。

彼女はゆっくりと瞼を閉じた。

(どうか、二人が笑っていられる未来が訪れますように……)

そう、残った二人の家族を想いながら。

四章　戦いの前に

僕——ロイドがカイロスと協力関係になってから数時間後。冒険者協会には『雲隠の極月』と関わりのある各ギルドの代表たちが集まっていた。

冒険者協会からは会長のオーガス。

『雲隠の極月』からはギルドマスターである僕と、護衛としてエリスとネロとセリーナ。

『緑山の頂』からはミントと護衛のオルタナとマルクス。

『碧海の白波』からはローレンと護衛のレオーナとルース。

そして最後に『太陽の化身』からはカイロスと護衛のアレンとエドガー。

会議室では各ギルドマスターが円卓に着いて、両隣に護衛が控えている。

「じゃあ早速だけどこれからノワール対策会議を始めようと思う」

「待ってください、ロイドさん」

「どうしたんだい？　ネロ」

僕が会議を始めようとすると予想通りではあるが、待ったをかけられた。

「なんでここにカイロスのゴミ野郎がいるんですか！　レイの件は今までの行動を見ていて納得はしました！　しかし、こいつは違う！」

ネロはカイロスを睨みつけながら口にする。

ミントやローレンも同意見らしく、二人とも頷いている。

「確かに今は少しでも戦力が欲しい状況です。でもこいつらには安心して背中を預けられません！」

「ネロの言うことは分かる。でもここでカイロスを仲間外れにしても、彼は勝手に行動すると思うよ」

「え？　どういうことですか？」

「僕とノワールの関係は説明したよね？　義姉のリーシアを殺した相手だと。殺された理由は僕と義兄にスキルを譲渡するためだったと」

「はい……」

「その義兄こそがここにいるカイロスだよ」

「「「は？」」」

僕とカイロス以外の全員が示し合わせたように、驚いた声を上げた。

カイロスの名前が出てくると話がややこしくなるので、僕は敢えて彼の存在を伏せて過去の事件のことを教えていた。

そしてカイロスが義兄と知ってネロが引き下がる……というわけにはいかなかった。むしろネロはさらに怒りを滲ませる。

「おい、カイロス……ふざけるのも大概にしろよ？」

「カイロス様！」

ネロがカイロスに向けて途轍もない殺気を放つ。

咄嗟にカイロスの護衛であるアレンが、カイロスの前に出て剣を抜いた。

「私は大丈夫だ。アレン、下がれ」

「ですが……」

「これは私が犯した過ちだ。私が償わなければならない」

アレンは渋々、剣を収めてカイロスの隣に戻った。

対してネロは冷たい殺気を放ったまま、淡々とカイロスに質問をする。

「カイロス。お前は弟に対してあんな仕打ちをしたってことだよな？」

「その通りだ」

「『太陽の化身』を最下位から国一番にした立役者である弟に、お前はもう必要ないと言って切り捨てたんだよな？」

「そうだな」

「ロイドさんの拠り所だった『太陽の化身』。お前は自分の弟が孤独になることを分かってて追放したんだよな？」

「そうなるな」

「それに飽き足らず、お前はロイドさんが再び立ち上がろうとしているのを何度も邪魔したよな？弟の未来を自分の私利私欲のために潰そうとしたよな？」

「あぁ」

ネロの質問にカイロスは眉一つ動かすことなく答えていった。

そして、とうとうネロの感情が溢れ出す。

「ふざけんなよ!! リーシアさんがいなくなって、ロイドさんにとってお前は唯一頼れる家族のはずだったんだ！ なのに、それなのに、お前はそんなロイドさんを自分の手で切り捨てた！ ロイドさんは……ロイドさんはどんな思いで……！」

「………」

ネロの表情は苦渋に満ちていた。

まるで自分のことのように怒ってくれるネロの存在が、僕にとってどれほどありがたいことか。

彼やエリスが支えてくれなければ、僕だってどこかで道を踏み外していたかもしれない。

そう、そんな人がカイロスにはいなかった。目的のために一直線に進みすぎたせいで、周りに理解者を作ることが出来なかった。道を踏み外した彼を止める者がいなかったのだ。

一人で抱え込んで、一人で悩んで。そういった意味ではカイロス自身も被害者なのだ。

黙り込んでいたカイロスはゆっくりと口を開いた。

「ネロの言う通りだ。目的があったなんて建前だ。結局私は自分の目的を見誤って私利私欲のために大切だったはずの弟を使い捨てにした。ロイドには本当に申し訳ないと思っている」

「いまさら謝ったところでもう過去は変わらねぇんだよ……」

ネロの怒りは一度謝ったぐらいでは収まらない。それはカイロスも分かっていることだろう。

だからこそ彼は頭を上げて、闘志を燃やした瞳でネロを見つめた。

「そうだ。だが未来は変えられる」

「「――――っ!!」」

その言葉に真っ先に反応したのは僕とエリスだった。

僕が数時間前に彼女に言ってもらった言葉。

動けなくなった僕を奮い立たせてくれた言葉。

カイロスは最初から立ち止まってなどいなかった。一人でずっと前を見続けていたのだ。

「先に結論を言おう。リーシアはまだ死んでいない」

「「「っ!?」」」

僕以外の全員が目を見開いた。

皆にはカイロスとの相談によって判明した追加情報は教えていない。時間がなかったからというのもあるが、カイロスを作戦のメンバーに加えるうえで、彼の口から説明してもらうのが一番良いと思ったからだ。

カイロスと皆には信頼関係がない。でも彼の生きた言葉を聞けば、多少なりとも仲間意識が芽生えるはずだ。

先ほどから黙って話を聞いていたオーガスが口を開く。

「カイロス。一から説明してくれるか？」

「あぁ、まず時は六年前に遡る」

それからカイロスは今までの出来事を包み隠さず語っていった。

六年前に仮死状態のリーシアをたまたま見つけたこと。それからリーシアを救うためにノワールについて独自に調べ始めたこと。再びノワールが現れた際に対抗出来るように、ギルドを作って一位を目指したこと。

「以上だ。今の私の目的は、ノワールを倒してリーシアを救うことだけだ。それが終わればどんな要求でも受け入れる」

語り終えたカイロスに反論する者は一人もいなかった。

決して褒められた人物ではないのは確かだ。

だが責める権利を持っている者などいない。

「カイロスさんよ。あんたの言い分は分かったが、リーシアを救うってのはどういうことだ？」

「そうね。ノワールを倒したとしてリーシアが生き返るとは限らないでしょ？」

ローレンとミントは不思議そうに首を傾げる。

それは僕も先ほどから疑問に思っていたことだった。

カイロスはノワールを倒せばリーシアが目覚めると確信しているような口ぶりだが、その根拠を僕たちは知らない。

するとカイロスが言った。

「私の調べた限り、スキル譲渡が可能な魔法は存在しない。ならばこれは奴固有のスキルということになる。となればノワールさえ殺せば、譲渡されたスキルは元に戻る。スキルが戻れば、リーシアも意識を回復するはずだ」

根拠とまでは言えないが、理屈は理解出来るものだった。

スキルの発動者が亡くなれば、そのスキルによってもたらされている恩恵は失われる。

例えば洗脳系のスキルの持ち主が死んだ場合、洗脳されていた側は正気を取り戻す。もちろん、過去に干渉出来るわけではないから、かつて一時的に洗脳されていたという場合は、特に何も変わらない。

カイロスの推測通りなら、リーシアにかけられたスキル譲渡は発動継続中で、まだ効果を打ち消せる段階にある。

すると、ローレンが疑問を挟んだ。

「ノワールをとっ捕まえてスキルを解除させるってのじゃダメなのか？　そっちのほうが確実な気がするが」

「これまでは私もそのつもりだった。だが、S級三人でようやく互角と聞いて考えを変えた。生け捕りにするつもりでいたらこちらが死ぬ。スキルの解除が狙いなら殺すだけで十分だ」

カイロスの言うことはもっともだ。本音を言えば、リーシアが目覚める可能性が高い方法を採りたいに決まっている。だが、ここでノワールを仕留めなければさらなる被害者を生むことになるのだ。その点でも、ノワールを殺す方針には納得出来る。

「待ってください。スキルが元に戻るということは、ロイド様の【鑑定】もなくなるということですか？」

「その通りだ。そしてもともとロイドのスキルであった【万能者《オールラウンダー》】が返ってくるだろう」

カイロスに質問するエリスの表情はどこか曇っている。

その原因はすぐに分かった。

「ということはロイド様はもう助言士ではいられないということですか？」

「……そうなるな」

「「「……っ!?」」」

少しためらって答えたカイロス。

そして僕以外の全員が息を呑んだ。

そう、スキルを元に戻せば僕から【鑑定】のスキルが失われる。

それはつまり助言士としての力をほぼ失うということだ。

今までのように才能がある者や埋もれている者を見つけることも、その人の才能に合った育成をすることも、弱点を見つけて克服させることも出来ない。

「ほ、他に何か方法はねぇのかよ！　ノワールの野郎を倒してリーシアさんに別のスキルを譲渡させるとか！」

「ないな。ノワールがスキルをいくつも持っているとは限らん」

「な、なら俺のスキルをリーシアさんに一つ譲渡する！　それならリーシアさんも目を覚ますんじゃないのか？」

ネロは必死にカイロスを説得しようと大声を上げた。

「さらに別のスキルを譲渡するのはリスクが高すぎる。それでもしリーシアが死んだら、ネロ、貴様は責任が取れるのか？」

「それは……」

カイロスの厳しい答えにネロは言葉を返せなかった。

なぜリーシアだけが他の被害者と異なり仮死状態なのか。それは彼女のスキルを二人に分けるというイレギュラーがあったためだと考えられる。

スキルを元に戻せば目が覚める。この仮説は正しいだろう。

だが、それは死んでいない理由の説明にはならない。だとしたら――

「スキルがもし完全に失われていたら、リーシアはとっくに死んでいただろう。一番可能性が高いのは、リーシアに前のスキルの残滓《ざんし》があるという線だ。その線を自分たちで潰すのは馬鹿にもほどがある」

僕が考えていたのと同じことをカイロスは口にした。

リーシアにはまだスキルの残滓があって、それが彼女を生かし続ける灯火になっている。もしこの仮説が正しいとしたら、スキルが元に戻ればリーシアは目を覚ます。

逆にさらに別のスキルを移したりしたら、残滓と反発し合う可能性だってありうる。

カイロスの言う通り、わざわざ危険を冒す必要はないだろう。

「大丈夫だよネロ。僕も覚悟は出来ている」

「ロイドさん……」

僕の仕事と姉さんの命。どちらを取るのかと聞かれたら考えるまでもない。

【鑑定】はそもそもリーシアのものだったのだ。

それが元に戻るだけ。別にどうということはない。

「それに助言士を辞めるつもりはないよ。【鑑定】がなくとも、今までの経験や知識を活かして助言士を続けたいと思ってる」

僕は言い切った。

自分でも無理なことを言っているのは重々承知している。

それでも僕は助言士を続けるのを諦めない。

贖罪《しょくざい》でもリーシアが進むはずの道だったからでもない。

僕が心の底から続けたいと願っているから。みんなを導けるような助言士でありたいと思っているからだ。

「ロイドさん……！　やっぱりロイドさんはロイドさんだ！」

「ははっ、なんだよそれ」

目を輝かせて嬉しそうにはしゃぐネロに、つい頬を緩めてしまう。

「エリスもそれでいいかな？」

「もちろんです！　ロイド様が納得してるのなら私は何も言うことはありません！」

先ほどまで心配そうにしていたエリスも力強く頷いてくれた。

「これで方針は決まったね。次にノワールをどう仕留めるかについてだ」

「それに関しては私からお話しいたします」

「あぁ、頼むよセリーナ」

それからセリーナは一つずつ話し始めた。

「君があのセリアナなのか！　にわかに信じがたいな！」

「そんな手練れがメイドをしているなんて驚きだわ。全然気づかなかった」

ローレンとミントはメイド服姿のセリーナを見て首をすくめていた。

まず話したのはセリーナの正体。

セリーナが実は大罪人セリアナであるということ。それからエリスや国王と面識を得て恩赦を受け、エリスの護衛としてセリーナになったこと。

次に語ったのは、なぜセリーナが大量虐殺など起こしたのかということ。

「……君も大変だったんだな」

「いえ、私は鬱憤を晴らせただけ良かったです」

カイロスの珍しく気を遣う言葉にセリーナは首を左右に振った。

それでも大変だったことには変わりない。

「ノワールは私の家族を利用してスキルを三回も移しました。三人の妹が一番下の妹にスキルを移させられたのです」

「では一番下の妹は生きているのではないのか？」

「いえ、人から与えられたスキルは一つまでしか受け入れられないようで、自我が崩壊して徐々に体も壊れていきました」

「「「………」」」

「三人の妹たちはスキルを奪われた瞬間に即死し、亡骸になりました」

セリーナが語るその時の様子は地獄そのものだった。

ノワールの部下に復讐出来たから鬱憤は晴らせた？

そんなわけがない。数ではないが、僕は大切な姉を一人失ってこれほど苦しんだのだ。

セリーナは大切な妹を四人も失った。どれほどの苦痛なのか、共感しようとするのもおこがましい。

「まぁ私の過去話はこれぐらいにしましょう。次はノワールの居場所についてです」

僕がノワールに誘拐された後、レイとセリーナが助けに来てくれた。

その後、レイが僕を保護して脱出。セリーナがノワールと戦闘を続けたわけだが――

「ノワールは転移魔術で脱出しました。しかし私は戦闘中に追跡魔術をノワールにかけていたので、現在ノワールがどこに逃げ込んでいるか分かります」

「流石はS級レベルの実力者だな」

そう言ったカイロスも含め、全員がセリーナの行動に感心していた。

彼女がいなければすぐにノワールに反撃することは叶わなかっただろう。

「それで場所はどこなんだ？」

「フェーリア王国の王都のスラム街です。それも人通りが全くない南側の地域」

「まさに違法な研究や実験をするには最適の場所だな」

僕は何年もスラムで暮らしていたが、この地域には近づいたことがなかった。

南側には近づくな。それがスラム街での教えだったためだ。

南側はスラム街からも追放された荒くれ者や犯罪者たちの巣窟となっている。誘拐や人殺しも絶えないと聞くほどだ。

「そして集まった情報によると、ノワールの目的はカイロス様とロイド様からスキルを回収すること。もちろん彼のことです。穏やかなやり方ではないでしょう」

今後僕たちが狙われるのは確定している。

ノワールの言葉が本当であったなら、彼の目的は百回以上のスキル譲渡、その後得られる何かしらの恩恵。

そして僕とカイロスとリーシアの三人で起きたエラー。それを元に戻すために彼は再び僕たちの前に現れた。

「相手はノワールだ。もたもたしていたらどのような形で仕掛けてくるか分からない」

ノワールについては未知な部分が多い。それこそ【鑑定】を使っても彼の力を見抜くことは出来なかった。

なにせスキルを譲渡するという謎の能力を持っているのだ。それなら準備する隙を与えることなく全力で仕掛けたほうがいいだろう。

そんなことを考えているとセリーナが付け加えるように口にした。

「ちなみにノワールは不死身です。私とレイが一回ずつ先ほどの戦闘で首を刎ねましたが、人形のようにつけ直していました」

「「「は？」」」

急な爆弾発言に、僕たちは思わず素っ頓狂な声を上げてしまった。

「そ、そんなことがあり得るのかい？」

「スキルを人から奪えるような能力の持ち主です。自分の身体を改造していてもおかしくはありません」

「それでも首を刎ねても生きてるなんて……」

戯言にも聞こえるが、彼女たちがそれを見たのなら事実なのだろう。

「魔物ですら首を斬られたら死ぬわよね？」

「気合か！　やはり気合でなんとかなるのか！」

元気なローレンはさておき、ミントの言っていることは正しい。あの化け物みたいな再生能力を持つ魔物たちでさえ、心臓である核か首を落とせば息絶える。

「分身体という説はないかな？」

僕は思いついた可能性を口にする。

どこかの文献に、分身体を作るスキルが発見されたと書いてあった気がする。その時便利だなと思ったのを覚えている。

「私も最初はそう思いました。しかし手ごたえが分身体のそれではありませんでした」

セリーナは確信をもって否定した。

「分身体は分身体です。斬ったとしても感触はさほど伝わりません」

「どうして君はそこまで分身体に詳しいんだ？　分身体を作るスキルの使い手などこの国にはいな

いだろう」

セリーナがあまりにも自信を持っていたからか、カイロスが彼女に尋ねた。

確かにそれは僕も疑問に思っていたことだった。僕はカイロスとともにこの国の目ぼしい人材を調べ上げた。もし分身体のスキルを使える人材がいたのならば、見逃すわけがない。

するとセリーナはくすっと笑った。

「そうですね。お見せした方が早いでしょう」

そんな時だった。

「失礼します！」

冒険者協会の職員が会議室に入ってきた。

確か彼はこの会議室を警備していたはずだ。

「オーガス様、少々よろしいでしょうか」

「どうした、大事な会議中だぞ？　絶対に入るなと言ったよな？」

「そうなのですが。どうやら遅れて到着した方がいらっしゃるようでして」

「誰だ？」

「セリーナと名乗るメイドです。普段なら追い返すのですが、名簿に記載があるので……」

「なんだと？」

オーガスは真っ先にセリーナを見つめた。

すると彼女は満足そうに頷いてみせた。

「……入室を許可しろ」

「分かりました。失礼します」

職員が一礼して会議室から出ると、入れ替わりに別の人物が入ってきた。

その人物はメイド服を着ており、礼儀正しく一礼する。

そして含みのある笑みを浮かべ、僕たちに尋ねた。

「皆さん、そんなに驚いた顔をしてどうされました？」

「「……っ⁉」」

入ってきたのはまさにセリーナだったのだ。

全く同じ格好に同じ仕草、醸し出される雰囲気も全て一緒。

「ふふっ、驚かせてしまい申し訳ございません。ただこれが私が分身体に詳しい理由です」

そう言って入室してきたセリーナは、最初からいたセリーナの隣に立つ。

「えっと……セリーナは分身体を作り出せるの？」

「はい、私が持っているスキルは【複製】から派生したものばかりです。分身体もその一つですね」

彼女はそう言うと指をパチンと鳴らして、入ってきたばかりのセリーナを消滅させた。

「「…………」」

僕たちは絶句していた。

彼女が途轍もない実力者であることは理解していた。しかしここまでとは誰も思っていなかっただろう。

「……セリーナ。君のことを鑑定してみてもいいかな？」

ここまでくれば、どれほどのスキルや実力を隠し持っているのか気になる。それに助言士としての性《さが》が彼女の実力を見たいと訴えていた。

「構いませんが、不可能だと思いますよ？」

「不可能？」

「まぁ一度やってみてください」

とりあえず僕は【鑑定】をセリーナに使ってみた。

「え？」

こんなことは初めてだった。

何度彼女の能力値を見ようとしても靄《もや》がかかったようになっており見えない。ぼやけていると言った方が分かりやすいだろうか。

「ロイド様の【鑑定】スキルはS。対して私の【隠蔽】はSSです。だから私の能力値は見えません」

「はあああぁぁぁ!?」

何もかも規格外すぎて僕は頭が痛くなってしまう。

彼女が最初からギルドに貢献してくれていたら、一瞬で上位ギルドになれていたのではないだろうか。

いや、今はそんなことはどうだっていい。

「でもセリーナみたいな実力者がノワール討伐に力を貸してくれるのは本当に心強いよ」

セリーナの実力はS級冒険者と比較しても群を抜いている。

セリーナ一人で上位ギルド一つ分ぐらいの実力だろう。

「それに関して本当に申し訳ないのですが、私はロイド様たちのお役には立てそうにありません」

「え？」

予想外の返答に、僕は驚いた声を漏らした。

「私は普段はエリス様の護衛をしていますが、緊急時は国王陛下の護衛も行います。ノワール討伐の際は何があるか分かりませんので、私は王宮から出られないでしょう」

確かに彼女の言う通りではある。

ノワールの討伐の重要度は、皆が想像しているよりずっと高い。

最低でも百人以上の殺害。地下牢獄からの脱走。本来なら国が動かなければならないほどの犯罪者である。

しかしだ。今ここでノワールの情報が公《おおやけ》になれば混乱を招くだけである。

それなら少数精鋭でノワールのアジトに乗り込んで制圧する方がいい。

「分身体はどうなんだ？」

「もちろんエリス様の護衛もありますから分身体は同行させます。しかし分身体の実力はA級レベルです。ロイド様たちのお役に立てるかは……」

「それでも大助かりだよ！」

セリーナはA級を何だと思っているのだろうか。

A級冒険者が一人増えるだけでこちらの戦力は大幅に増える。作戦の成功率は格段に上がるだろう。

「話が逸れましたね。それでノワールの不死身の件についてですが、分身体でないことは確かです」

分身体を作り出せるセリーナが言うのだ。

ならノワールの身体が偽物や分身体であるという可能性はなくなる。

「些細なことでいいから気づいたことはなかった？」

「そうですね……本当に些細なことでもいいなら一つだけ」

セリーナは眉間にしわを寄せながら口にした。

「斬った時の感触に粘り気を感じました。それが何なのかは私には分かりませんが……」

「粘り気？　粘り気かぁ……」

粘り気と言われて思いつくことはなかった。

斬った感触で粘り気と言われても連想するものはない。

それは僕以外も同様らしく皆が難しそうな顔をしていた。

これ以上この話をここで考えても意見は出そうにない。そのため僕は不死身の話は保留にして次の話に移る。

「まぁ一旦この話は置いておこう。ノワールをその場ですぐに殺す必要はないんだから」

「殺さなくていいんですか？」

「殺せる前提で話してたけど、とりあえず制圧して捕獲すればいいからね。不死身の話はそれからだ」

今はそれよりも先に決めることがある。

「ノワール討伐の決行日を決めないといけない」

この会議ではこの話が一番重要で、早急に決めなければならない。

「相手がいつ仕掛けてくるか分からない。最大でも猶予は三日だな」

「そうだね。そしてメンバーはB級冒険者以上に限りたいと思う」

僕もカイロスの意見には同意だった。三日以上かかったら向こうから仕掛けられる可能性が大いに高まる。

そして作戦に参加するメンバーは少数精鋭のほうがいい。

だが、セリーナの報告によるとノワールは過去に部下もいた。彼が単独でいるという可能性は低い。

数も欲しく、実力も欲しい。そのラインがB級以上だった。

「B級以上!? それだとうちもローレンのとこも十人も出せないよ?」

「そうだな! ノワールの戦力が分からないとはいえ、せめてC級以上にしないか?」

「いや、C級だともしものことがあった場合、逃げ切れないから難しいんだ。B級以上なら個人の判断に任せられるけど」

ダンジョン攻略において下層、二十階層より下に行けるのはB級冒険者以上だ。

B級冒険者ならそれなりの経験もあり、危険な状況でも冷静に判断出来るだろう。

しかしC級冒険者にそれは無理だ。全員がそうであるとは限らないが、大体は混乱に陥る場合が多い。それほどB級とC級の間には実力差と経験の違いがあるのだ。

「ロイドがそう言うなら分かったわ。私たち『緑山の頂』は別にダンジョン攻略してないし、明日以降ならすぐに作戦に参加出来るよ」

「俺たち『碧海の白波』も同じだ!」

「『太陽の化身』は第一部隊と第三部隊は問題ない。第二部隊は先ほどダンジョンから帰還させたため一日は猶予が欲しい」

三名のギルドマスターがすぐにでも作戦に参加出来ると言ってくれた。

物資の補給を踏まえるともう一日欲しいところだ。

「作戦の決行日は明後日にしようと思う」

「「了解」」

この決定に異議を唱える者はいなかった。

こうしてノワールの緊急対策会議はお開きとなった。

次に集まるのは明後日の早朝。ノワール討伐の決行日である。

†

会議の翌日。ノワール討伐の作戦内容が関係者に伝えられた。

決行まであと一日。出来ることは少ないが、それでも全力で挑めるように各自が全力で準備にとりかかっていた。

その日、一人の青年が『双翼の鍛冶』を訪れていた。

「ニックいるか？」

「ネロさんじゃないっすか！　わざわざここに来るなんて珍しいっすね！」

「急なんだが、どうしてもニックに頼みたいことがあってな」

ネロはそう言って二本の剣を差し出した。

「この剣の整備をしてほしい」

ニックはネロから慎重に剣を預かった。

「明日はどうなるか分からないからな。準備しておくに越したことはない」

ネロは真剣な表情で口にする。

「本当は新しい剣を作ってほしかったんだが、なにせ決行日は明日だ。研《と》ぎ直すぐらいで構わない」

「それぐらいならすぐにでも取り掛かりますけど……」

「そうか、助かる。明日の朝に取りに来るから」

そう言ってネロは足早に『双翼の鍛冶』を後にした。

彼自身は明日のために鍛錬を行うのだろう。

残されたニックは、ネロから預かった二本の剣をまじまじと見つめる。

「預かったはいいものの……」

ネロはA級。冒険者の中でもトップに位置する剣士だ。そんな彼が使っている武器となればかなりの業物《わざもの》に決まっている。

鍛冶師であるニックはそう思って疑わなかった。いつか仲間としてネロの武器を作りたい、そんな目標すら立てていたのだ。

だから、ネロから預かった武器を見て驚いた。

「なんでネロさんは、こんな今にも折れそうな剣を使ってるんだ？」

ネロの剣は二本とも、いつ折れてもおかしくないほど消耗していた。

しかし、それはネロの使い方に非があるわけではない。

ネロが毎日のように手入れをしていなければ、この剣はとっくに寿命が来ていただろう。

「この剣って、冒険者協会で買えるやつじゃないか？　それもE級が買うような安物」

ニックはこの剣に見覚えがあった。

E級冒険者が冒険者協会で買う安物の剣である。剣の素材も安価で作りも雑な、鍛冶師見習いが作る練習用の剣。

「流石にネロさんが知らないわけないよな？」

A級といえどネロにもE級の時代があった。当然、この剣がE級冒険者御用達であるということは知っている。

となると考えられることは一つ。

「E級の時から三年間ずっと使ってるのか？」

そう、一度も剣を替えていないということだ。

二年でA級冒険者に上り詰めたネロなら数多《あまた》の鍛冶師からパートナーシップ契約の声がかかったはず。

それでもネロが剣を替えない理由はニックにもおおよそ分かっていた。

「大切な思い出があるんだろうな……まぁネロさんのことだからロイドさんに買ってもらったとか

だろうけど」

ニックは苦笑交じりの息をついた。

ネロの行動理由が全てロイドだということも、ニックは既によく知っていた。

「一旦、工房に持っていくか。考えるのはそれからだ」

ニックは早速、ネロの剣を自身の工房へ持っていった。

「正直、別の剣を買ってくれれば性能は上がるだろうけど、多分ネロさんは納得してくれないよな……」

これだけ大切に使っている剣だ。

ニックはネロがそう簡単に手放すとは思えなかった。

それに手に馴染んでいない武器を大切な日に使うのはよろしくない。

「ならネロさんの要望通り整備するってのがいいんだけど……」

ネロはボロボロな剣に頭を抱える。

ニックから見て既にこの二本の剣は寿命寸前。明日の戦いで壊れる可能性だって十分あり得る。

鍛冶師としてそれだけは見過ごすことが出来なかった。

「どうしたんだギルドマスター？　何か迷ってることでもあんのか？」

「アバドンさん！　なんでここにいるんすか？」

「今日分の仕事は終わらせたからな。新人の教育もあらかた済んだし、暇だから様子見に来たわけ」

「アハハ、流石はアバドンさんっすね……」

現在はお昼時。本来なら夜中までかかるはずの仕事をアバドンは午前中に終わらせていた。しかもそれに加えて、最近入ったばかりの新人の育成まで済ませていると来た。

流石はフェーリア王国一の鍛冶師と言える。

「……この剣、ネロのか？」

「よく分かったすね。その通りっす」

「だろうな。剣の形がまさにネロって感じだ。この剣の製作者は幸せ者だな」

アバドンは満足げに二本の剣を眺める。

「それでネロはこの剣をどうしろって？」

「明日のために整備してほしいとお願いされたんすけど、どうしようか迷ってて……」

「そうか。何に迷ってるのか、まずは考えてることを言ってみろ」

アバドンは一瞬で真剣な表情に切り替える。

ここからは『双翼の鍛冶』のギルドの一員ではなく、ニックの師匠として振る舞う。

「選択肢の一つ目は、言われた通り整備だけすることっす。刃を研ぎ直したり、緩んだ部品を締め直したり、最低限の手入れのみに留めます」

「ほう」

「二つ目は、この剣の改造。ただ、今の自分の技術では一日でどうにか出来るのか不安っす」

「ふむ、なるほどな。確かにこの選択で明日のネロのパフォーマンスは大きく変わるだろう」

アバドンは納得するように頷く。

「その二つの中で鍛冶師として絶対に選んではいけない選択肢がある。分かるか？」

「……一つ目っすかね？」

「その通りだ。整備してくれって言われたから整備しました。これは誰でも出来ることだ。わざわざネロがお前に頼んだ意味がない」

もちろん整備の技術は鍛冶師の腕に直結する。E級鍛冶師とA級鍛冶師では全く違う仕上がりになるだろう。

「一つ目の選択肢は逃げだ。挑戦を諦めた敗北でしかない」

そうなると、残る選択肢は一つしかない。

「ニック、単刀直入に聞く。お前は何がしたい？」

「俺は……」

ニックの脳裏に様々な思考がよぎる。

制限時間は半日。失敗作を作れば明日の作戦にかなりの影響が出る。

けれど安心安全を優先して一つ目の選択肢を採るのは、ニックのプライドが許さなかった。

「俺は自分の限界を超えたい……難しいっすけど二つ目の選択肢に挑戦したいっす！」

「そうか、なら早速取り掛かるぞ」

「え？　いいんすか？」

「おいおい、俺は一つ目の選択肢は逃げだと言っただろ。それに、いいも何もこのギルドの長はお前だ。俺はお前の決定を尊重するし、どんな破天荒な計画にもついていってやる」

最高の鍛冶師の言葉。ニックにとってこれ以上支えになる言葉はないだろう。

「なにせ俺もロイドに手塩にかけて育ててもらったからな」

アバドンの言葉にニックは苦笑を漏らした。

「さて、この剣をどう料理する？　ギルドマスター」

「柄《つか》の部分は使い慣れていると思うので整えるだけにするっす。なので手を加えるのは刃の部分っすね」

ニックはそう言って二本の剣の柄と刃の部分を分けた。

急に柄の握り心地が変わるとネロも困惑するだろう。

「ネロさんの強みは魔法を斬れることっす。そのため魔法に強い素材にはしたいと思ってます」

「となると素材はミスリルを使うか。ネロの戦い方には最適の素材だろう」

ミスリルは貴重な鉱石の一つである。その性質は丈夫かつ魔力を遮断すること。魔法を斬るネロの剣にはまさに最適な素材だった。

「…………」

「どうした？　何か問題でも？」

しかしニックの表情は暗いままだった。納得出来ていない様子だ。

「本当にそれでいいんすかね？　確かにミスリルで刃を作ればネロさんは今以上に強力な魔法を斬れると思います」

現在、ネロは上級魔法まで斬ることが出来る。しかも、それはあの粗悪な剣でだ。

ミスリルで作られた剣なら、さらにもう一段階上の、超級魔法まで斬れる可能性が出てくる。

「多分、ミスリルにするだけでネロさんは満足してくれると思います」

「なら、それで――」

「けど、そんなんじゃ俺は『雲隠の極月』のメンバーじゃない。『双翼の鍛冶』のギルドマスターじゃない」

もし、ニックがロイドのもとで働いていなかったら、ミスリルの武器で満足していただろう。

けれど今のニックは違う。規格外の人材が集まる『雲隠の極月』の一員だ。

「俺はただ能力を補助するだけじゃなくて、ネロさんの別の力を引き出すような武器にしたい」

「――ッ⁉」

ニックの言葉にアバドンは目を見開いた。

そしてゆっくりと口を開く。

「武器は使い手を支えるためのもの、いわば補助具だ。それをお前は武器に主導権を握らせると言った」

　アバドンは鋭い眼差しをニックに向ける。

　彼は至高の十二本と呼ばれる剣を作り出した男だ。

　その十二本は、世界の舞台に出たとしても最高の剣だった。使い手の力を何倍にも増幅し、C級がA級並みの力を発揮することだって出来るほどだ。

　そんな剣でさえ、使い手を補助するものということは変えられない。力を引き出すなんてことは出来ない。

「それはまさしく傲慢じゃないか？」

　アバドンはニックを試すように問う。

　対するニックの答えは――

「傲慢でいいじゃないっすか」

「は？」

「確かに鍛冶師が使い手の力を引き出す武器を作るのは傲慢かもしれないっす。鍛冶師の職分を越えているかもしれない」

　鍛冶師が作る武器は使い手を生かすもの。

　鍛冶師は自我を出していい職業ではない。これは鍛冶師にとって一般常識であり、絶対に越えてはいけないとされるラインだった。

「でも俺はネロさんなら大丈夫だと思うんすよ。あの人ならそんな傲慢で平凡な俺の考えすら乗り越えて使いこなしてくれる」

ネロに対する圧倒的で揺るぎない信頼。

だからこそ成り立つ、使い手の隠れた力を引き出す武器。

「覚悟はあるようだな。それで、どんなものを作るのかは考えているんだろうな？」

「今のネロさんはいわゆる中衛のポジション、守護者っす。それでも上手くいっているのは、エリスさんの【ウォーターボール】で、前衛に必要な攻撃力を十分に確保出来ているおかげです」

「確かにエリスがいれば、わざわざネロが前衛の剣闘士になる必要もないわな」

「しかし、エリスさんがいなかったり、いても威力が足りない状況があるかもしれないっす」

「だからネロの攻撃力を上げる武器を作ると？」

「はい、その通りです」

ニックが考えているのはネロの攻撃能力の底上げ。

しかしそこには大きな問題があった。

「ネロはエリスと違って固有素質が防御型だ。攻撃スキルは一切使えない。武器の威力を強くしようと、誤差程度にしかならないぞ？」

固有素質を育てると元から持っていたスキルは反発して使えなくなる。これはロイドが見つけた法則だった。

だからネロは固有素質の【魔術破壊《マジックブレイカー》】を活かすために、『太陽の化身』時代に使っていた攻撃系スキルを全て封印している。

そのため攻撃の際はスキルに頼らず、自分の技術と実力だけで戦わなければならない。これはかなり至難の業《わざ》だった。

「そこを武器で補うんすよ」

「武器で？」

アバドンはしっくり来ていないようで首を傾げていた。

対してニックは強気に微笑む。

「俺が考えているのはですね……」

それからニックは、アバドンに武器の構想を語った。

聞き終えたアバドンは唖然としたが、すぐにニックと同じように笑った。

「……っ！　た、確かにそれなら面白い剣が作れそうだな！」

アバドンは興奮気味に語る。

「これならネロの力を引き出すことが出来る！　ネロのためだけの武器だ！」

「そうっすよね！」

「ただ剣の素材はニックが一から作らないといけない。これは俺でも諦めたくなるほど難しい。本当にやれるのか？」

「どうにかやってみせるっす！」

ニックは笑みを浮かべて頷いてみせた。

そんな彼の覚悟に、アバドンも応えるように告げる。

「なら素材作り以外は俺がやってやる。そっちの方が時間も短縮出来る」

「いいんすか⁉」

「師匠として弟子に久しぶりに本気を見せてやるよ」

ニックはアバドンの提案に目を輝かせた。

アバドンが武器製作を担当してくれるのであれば、何倍も時間が短縮出来る。

それにアバドンは口にしなかったが、剣の質も数倍良いものが出来上がるだろう。

一人の鍛冶師としてニックは素材作り以降も担当したかったが、今の彼ではアバドンに技術も知識も及ばない。

「なら、早速素材作りに取り掛かるっす！」

それからニックはネロに合う素材作りを始めた。

†

同時刻。『双翼の錬金』では、錬金の部屋にエルナとレーナが集まっていた。

「レーナ。私、ロイドさまの役に立ちたい」

「そうね、私も同じ気持ちよ」

昨夜、ノワール討伐の作戦概要が彼女たちにも知らされた。

残された猶予は一日。鍛冶師や錬金術師などの後方支援組にとってはあまりにも短い時間だった。

しかし、だからと言って諦める理由にはならない。

「ポーションはストックがあるから、やるならポーション以外を考えないとね」

「実は決めてる。私たちのやるべきこと」

「何をするつもりなの？」

尋ねるレーナに、エルナはにんまりと笑みを浮かべた。

「エリスを超強くするの」

「エリスさんを？」

レーナはピンと来ないようだ。

それもそうだろう。今でさえ、エリスは圧倒的に強い。

これ以上彼女をどう強くするのか、レーナは思いつきもしなかった。

「多分ニックはネロを強くすると思う。だから私がエリスを強くする」

「ニックさんたち『双翼の鍛冶』が、ネロさんの武器を作るということ？」

「うん、ネロの武器、消耗してた。ネロが自分から言い出すか、ニックが提案すると思う」

エルナは日頃から色々なところに目を向けていた。

誰の武器が消耗しているのか、誰がどのように行動しているのかなど、既に頭に入っていたのだ。

「それでなぜエリスさんなの？」

「私が一番エリスの武器を作るのに合ってるから」

エルナは自信満々に口にする。

「私は魔力見えるから分かる。杖には魔力の出口がある」

「出口？」

「制御？　の方が近いかも。魔法をまとめて綺麗に出すための穴があるの」

「へぇ、そんなの初耳だったわ」

「うん、ロイドさまに聞いたけど、杖職人ぐらいしか知らないらしい」

魔術の杖は単に魔術の効果を増幅させるだけではなく、制御も兼ねている。

例えば十の魔術に百の魔力を使ったとしよう。その場合魔法の威力が上がることはなく、発動出来ないか誤爆する可能性が高い。

料理と同じで、入れすぎも少なすぎも良くない。適量でなければ意味がないのだ。

魔術の杖はそれを支える役割も担っている。

「でもエリスの【ウォーターボール】はその出口のせいで弱くなってる」

「え？　あれで？」

レーナは信じられないと言うように目を見開く。

彼女はエリスが【ウォーターボール】を使っているところを何度か見たことがある。

特に『鬼の牙』との攻城戦において、一撃で城を破壊した【ウォーターボール】。あれにはレーナも心底驚いた。

「あ、あの攻城戦の【ウォーターボール】より強く出来るってこと？」

「そう、私の考えが上手くいけば何倍も強く出来る」

「その考えというのは？」

「今のエリスの【ウォーターボール】は確かに強い。でっかくしたり、ちっちゃくしたり、速くしたり、遅くしたり、色々調整が出来るのは誰にも出来ない強み」

「そうね。私もエリスさん以外はそんなことが出来る人を見たことないわ」

「でもどの【ウォーターボール】も出口を通ってるせいで、一発の魔力の量に限界があるの」

「えっと……大きくすればするほど【ウォーターボール】の威力は下がるってやつのこと？」

エリスの【ウォーターボール】は小さくすればするほど速度が上がり、高威力の【ウォーターボール】を撃てる。

かわりに大きくすればするほど速度は遅くなり、威力も下がる。

大きくなれば遅くなるのは当然のことなので、まさか改良の余地があるなんて誰も思いもしなかった。

「もし、超巨大な【ウォーターボール】が高速で、それもどんな壁でも壊せる威力持ってたらどう？」

「それは…………ヤバいわね」

想像したが、あまりにも規格外で言葉を失う。

「そういうこと。その縛りを私が外してみせる」

エルナはわくわくしているようだ。

「けど、これには一つ大きな課題ある」

「課題？　出口を通るから魔力量に限界があるのなら、その出口をなくせばいいだけじゃないの？　なくすのが無理なら出来るだけ大きくするとか」

「杖に出口を作る理由は制御以外にもう一つある。それは杖を守るための仕組み」

杖にも耐久値が存在する。そう簡単に壊れることはないが、何年も使っていると消耗していく。そして魔力を制御する出口を無理に広げるとしよう。杖から一気に膨大な魔力が溢れることになる。当然、杖の耐久力などお構いなしに。

一気に放たれた魔力によって杖はすぐに壊れるだろう。

「じゃあ耐久力のある杖を作ればいいってことね」

「うん、でもこれがかなり難しい。だいたい魔術の杖は魔力と親和性がある素材が使われるの」

「そうね、有名なのだとポーション作りに使うカエネの葉の木材ね」

「でも親和性のある木材には、耐久力が弱いのしかない」

「えっ……な、ならどうするの？　素材探しを今からする時間はないわよ？」

「大丈夫、それはもう済ませてある」

エルナがそう答えると、一人の少年が部屋に入ってくる。

「もう、エルナ様は人使いが荒すぎますよぉ！」

涙目で入ってきたのはレーンズだった。彼は少し前に新人として『双翼の錬金』に入った少年である。

種族はエルフであり、最初はダークエルフのエルナを認めなかったが、彼女に完膚《かんぷ》なきまでに打ち負かされてからは奴隷《どれい》のようにこき使われていた。

「レーンズ、例のブツ、ちゃんと持ってきた？」

「持ってはきましたけど……どうなっても知りませんからね？」

「大丈夫。その時はレーンズのせいにするから」

「なら良かった……って僕のせい!?」

理不尽な対応に素っ頓狂な声を上げるレーンズ。

そんな彼を放って、エルナは彼から布に包まれた一本の棒を受け取る。

そしてすぐに布を剥がして、その正体をあらわにした。

「エルナ、それってもしかして……」

レーナは一目でエルナが手にしたものが何なのか分かった。

それほど有名であり、珍しいもの。そして絶対にこの場にあってはいけないもの。

「うん、世界樹の枝」

エルフの国にある世界樹と呼ばれる大樹の枝である。

世界樹はこの世界が生まれた時から存在すると言われるほど長命の大樹で、エルフにとっては信仰の対象でもあった。

そんな世界樹の一部である枝は絶対に折れないとも言われており、エルフしか知らない秘儀でなければ傷一つつけることが出来ない。

そのためエルフの国では様々な分野で利用されている。と言っても希少性が高いので、貴族や王族のみが使えるのだが。

その世界樹の枝がここにあった。

「これって本当は怒られるわよね？」

「当たり前ですよ。ダークエルフは当たり前ですが人間族も触れることは許されていません」

「ふんふんふーん」

「……まぁもう手遅れですけど」

レーンズの警告などエルナは聞く耳を持たない。

彼女は初めて見る素材を前に興奮を抑えられなかった。

当分誰の声も耳に入らないだろう。そう思ったレーナは一つ一つ疑問を解消することにした。

「レーンズ、どうやってこんな貴重なものを手に入れたの？」

「実は僕の家系、エルフの中でもそこそこ有力な貴族でして、世界樹の枝を手に入れること自体は難しくないいんですよ」

「き、貴族!?」

「はい。なので言い訳になるんですけど、種族の偏見を強く持ってたのもそういう境遇だったからってのがあります」

レーンズの言葉を聞いてレーナは納得した。

貴族はプライドが高い。特にエルフの貴族は自分たちの種族以外を見下す傾向にある。

以前レーンズがあれほどダークエルフを嫌悪していたのは、そういった教育がなされていたからだったのだ。

「で、でもそんなもの持ってきて良かったの？」

「いいわけないです」

「ですよねー」

レーンズの即答にレーナは頭を抱える。

エルフが神聖なものとして扱っているものをダークエルフが触っているのだ。

最悪の場合、極刑になる。

どうすればいいのか、レーナが一生懸命思考を巡らせていると、レーンズは引き締めていた口元を緩めた。

「でもそれは一般的なエルフの判断です」

「え？」

「僕の両親はこの枝を好きに使っていいと言ってくれました」

レーンズが勝手に持ち出したわけではないと知り、レーナは一瞬安堵したが、すぐに別の懸念が思い浮かんだ。

「で、でもそれはレーンズが自由に使っていいってことよね？」

「いえ、ダークエルフであるエルナ様が触ることもちゃんと説明してます。それを踏まえて許可を得ました」

「……はい？」

あり得ない説明にレーナの思考が止まった。

するとエルナが会話に入ってきた。

「私が言ったの。正直に言ってって」

「エルナが？」

「最初、レーンズはこっそり盗もうとしてた。でもそれはロイドさまの教えに反するから」

「だ、だからってそんなこと言ったら絶対に反対されるわよね？　エルフの貴族の大人がそう簡単に折れるわけないわよね？」

レーナの疑問は至極当然だ。十人に言えば十人が同じ反応をするだろう。

「もちろん、無策だったわけじゃない。レーンズには私が作ったポーション持たせた」

「エルナのポーションってまさか補助ポーション？」

「うん、最近やっと完成した、力強くなったり足速くなったりするやつ」

ニックたちが魔式拳銃を開発している中、エルナたちは独自のポーションの開発に励んでいた。

ポーションは回復するための薬。そんな固定観念すら壊すのが『雲隠の極月』のメンバーだ。

開発特化の新人であるリリの想像力を活かして、エルナは補助魔術をポーションに出来ないかと考えた。

そこで完成したのが補助ポーション。

なんと補助魔術の術式を分解して、その残滓の魔力をエルナが【魔力操作】でポーションに叩きこむという荒業である。

誰がそんな発想をするだろうか。誰がそんな妄想を実現させるだろうか。

「どうだった？　レーンズの両親の反応」

「僕の上司はどんな天才錬金術師なんだ！　ってとても驚いてましたよ」

「で、ダークエルフだってことを伝えたら？」

「そりゃブチギレですよ。今まで黙ってたことや僕がダークエルフの下で働いてること、そして何よりダークエルフが錬金術を習得していることそのものに」

「予想通り。だからそこからはレーンズが頑張ってくれたこと」

エルナはレーンズに向かってぐっと親指をたてる。

それからレーンズは落ち着いた口調で語り始めた。

「僕は今まで家族に言われた通り生きてきました。両親の言うことが間違っているなんて一度も疑わなかった」

大方の人はレーンズと同じだろう。

誰も正解とされていることを疑ったりはしない。そんな生き方は精神を激しく消耗するから。

「自分の意見なんて今まで一度も言ったことないし、反抗だってしたことありません」

レーンズは貴族である両親からたくさんの愛情を受けて裕福な生活を送ってきた。反抗する理由なんてそれまでの生活で生まれる余地はなかった。

「だから僕はこの日、初めて親に自分の意見を言いました。エルナ様は尊敬に値する錬金術師であると」

当然、レーンズの両親は聞く耳を持たなかった。

惑わされているだの、騙されているだのと言ってレーンズを心配した。

「でも僕は何度否定されても諦めませんでした。何度も何度も説明して、頭を下げて、時には怒ったりして。あんなに両親と喋ったのは生まれて初めてかもしれません」

苦笑交じりに語るレーンズ。

「ですが一朝一夕でダークエルフに対する偏見は拭えません。それは僕がどれだけ両親にお願いしようと同じです」

もし彼が一日でダークエルフへの偏見を是正出来るのなら、今の状況にはなっていない。ダークエルフが虐げられる世界ではなかったはずだ。

「でも、無駄ではありませんでした」

「え？」

俯いていたレーナがパッと顔を上げる。

「最終的には良い着地点を見出せたんです」

「着地点？」

「僕が信じるエルナ様なら一度信じてみてもいいのではないかと」

拳を握り締めて喜ぶレーンズは達成感に満ち溢れていた。

レーンズの両親は息子の必死の説得に根負けしたらしい。

エルフとしての立場も、貴族としてのプライドもあるにもかかわらず、レーンズを信じて世界樹の枝を託したのだ。

「ただ、条件が一つ。世界樹の枝の使い道を見せることです。僕もまだ何に使うか聞いてなかったのでその場では承諾したんですけど、大丈夫ですか？」

「大丈夫。レーンズ、よく頑張った。後は『双翼の錬金』のギルドマスターである私の仕事」

エルナは可愛らしく服の袖をまくる。

「レーナ、ここで問題。世界樹の枝には頑丈以外に特殊な性質ある。なんだと思う？」

「えっと……ごめんなさい、分からないわ」

「世界樹の枝には魔力と反発する特性ある」

「だったら魔術の杖には向いてないんじゃないんですか？」

「その通り。だから誰もこの枝を杖の材料として見ない」

エルナは調合台に世界樹の枝を置く。

「でも私は違う。私ならこの素材を活かせる」

身長が低いエルナは、いつものように調合台の正面に踏み台を持ってくる。

その踏み台に乗って錬金の準備を始めた。

「今から【魔力操作】でこの枝に無理やり大量の魔力を流し込んで、枝に魔力を馴染ませる。そして頑張って親和性を作り出す」

「「なっ……!?」」

二人は思わず言葉を失う。

「そうすればエリスが全力を出しても絶対に壊れない魔術の杖の完成」

エルナがやろうとしているのは、簡単に言うなら同じ極同士の磁石をくっつけようとするようなものだ。

普通は不可能。多少魔力を流せたとしても、反発を抑え込むうちに術師の身体が先に壊れてしまう。けれどエルナなら本当に出来るのではないかと、二人は思ってしまった。

そしてエルナも自分なら出来ると確信を持っていた。

傲慢なわけでも自意識過剰なわけでもない。

自分に才能があると言ってくれたロイド、天才だと普段から褒めてくれるレーナ、そんな自分を認めてくれる周りの人を信じているのだ。

「二人は部屋から出てて。これからここは危なくなる」

今からこの部屋は一気に魔力が濃くなる。

一般人では立っていることすら不可能な地獄と化すのだ。

「頑張ってね、エルナ！」

「頑張ってください！　エルナ様ならいけるって信じてます！」

そう言って二人は部屋をあとにする。

残されたエルナは両手を大きく上に突き上げた。

「頑張る。ロイドさま……ううん、みんなの期待に応えるために！」

五章　見えないもの

翌日の早朝、夜明け前の『雲隠の極月』のギルド前には数十名が集まっていた。

『雲隠の極月』、『太陽の化身』、『緑山の頂』、『碧海の白波』。

全員がB級以上の冒険者たち。ダンジョンの合同遠征でさえこれほど豪華なメンバーが揃うことはない。

冒険者たちは各自、装備の点検をしたり、隊列の確認をしたりなど、最後の準備を行っていた。

「ネロさん、預かってた剣をお返しします」

目の下にくまを作ったニックは、ふらふらとしながらもネロに剣を渡す。

「おう、助かる……ってなんか刃の部分が変わってないか？」

「はい、刃の部分は二本とも折れそうだったので改良させてもらったっす」

「たった一日で？　流石はニックだな。本当に助かる」

ネロは託された二本の剣を満足そうに眺める。

「前回より頑丈にしたっす。あと魔術を分解する特性を持つ金属を混ぜたのでさらに強力な魔術を破壊出来るようになったと思います」

「魔術を分解？　そんな金属があるのか？」

「いえ、昨日俺の【鉄屑再生《リサイクル》】で新たに作ったたっす」

「たった一日で素材を作ってそれを剣にしたのか!?」

「はい、ギリギリでしたけど間に合って良かったたっす」

鍛冶師ではないネロでも分かる。ニックが成し遂げたことがどれだけ凄いことなのか。

「あと、余計なことかもしれなかったすが、その剣にネロさんの力を引き出す仕組みをつけました」

「俺の力を引き出す？」

「はい、それは――」

ニックは昨夜アバドンに伝えたのと同じ内容をネロに語った。

最初は落ち着いて聞いていたネロだが、徐々に目を見開き、最終的にはニックの両肩を掴んでいた。

「そ、そんなことが本当に出来るのか!?」

「理論上は可能っす。まぁ練習なしのぶっつけ本番になるっすけど」

「もし出来たらどれだけ戦いの幅が広がるか……！」

ネロはニックの語った剣の性能に興奮していた。

「でも、失敗するかもしれない危険な賭けです。本当に危ない時以外は使わないようにしてほしいっす」

「分かった。可能性があるだけで戦ってる時の安心感が段違いだ」

ネロはようやく落ち着きを取り戻した。

二本の剣をいつものように腰に差す。

「俺は鍛冶師っす。皆さんのように前線で身体を張ることも、戦いの行く末を見守ることも出来ない。安全な場所で待ってることしか出来ないんです」

「ニック……」

ニックは歯がゆそうに拳を強く握り締める。

どれだけ危ない状況でもニックたちが前に出ることは出来ない。

彼に出来るのは万全な状態でネロたちを送り出すこと。

「だからこの剣は俺の……いや、『双翼の鍛冶』の想いっす。それをネロさんに託します」

ニックは拳をネロに突き出す。

「絶対に勝ってきてください！」

「あぁ、任せろ」

ネロはニックの想いと覚悟を受け取るように、彼の拳に自分の拳を当てた。


ネロが武器を受け取っているのと同じ時刻。少し離れた所でエルナがエリスに声をかけていた。

「エリス。渡したいものがある」

「エルナちゃん？　渡したいものって……どうしたのその傷⁉」

エリスがエルナの方に振り返ると、そこには傷や痣《あざ》だらけのエルナがいた。

幸い、ポーションと回復魔術を使えば後に残りそうなものはない。ネロにこの程度の傷があったとしてもエリスは気にならないだろう。

だが小さなエルナにそんなものがあるのは痛々しかった。

「誰にやられたの⁉　私がエルナちゃんをこんな目に遭わせた奴をボコボコにしてあげるから！」

「だ、大丈夫。自分でやったやつだから」

「自分でやったやつ⁉」

この傷は、世界樹の枝に魔力を馴染ませるために作業をし続けた反動によって生まれたものである。

「それよりこれ。エリスに渡したいもの」

エルナは完成した魔術の杖をエリスに託す。

「……枝？」

エリスは首を傾げる。

見た目は世界樹の枝のまま、何も加工していない。加工する余裕がなかったのもあるが、加工出来なかったというのが正しい。

由緒あるエルフの正しい儀式を行えば加工出来ただろうが、エルナにはそのような技術も助力もない。

「エリスの新しい魔術の杖」

「私の⁉　わざわざ用意してくれたの⁉　ありがとうエルナちゃん！」

「うっ、苦しい……」

エリスは嬉しそうに破顔した。

彼女はエルナを両手で抱え込むように強く抱きしめる。

「これでエリスは本気で魔術使える」

「本気？　今までも本気だったけど……」

「ううん、今までは杖に制御されてた。でもこれからは違う」

エルナは覚悟の宿った瞳をエリスに向けた。

「これで私の代わりにノワールぶっ飛ばして」

「うん、任されました！」

こうして非戦闘員から戦闘員へと想いが託されていく。

そんな彼らの様子を、ギルドの玄関先で一匹の動物が見ていた。

猫にも仔狼にも見える『雲隠の極月』のペット、シャルだ。シャルは大きく欠伸《あくび》をしていたが、
ピクリと耳を立てた。そしてどこか遠くを見つめ、駆け出していった。

†

冒険者たちが各々の準備を進める中、可愛らしい叫び声が響き渡った。

「ロイド様！　私たちも連れてってほしいのだ！」

「そ、そうなの。私たちだけお留守番は嫌なの」

抗議しているのは、『雲隠の極月』の新人冒険者である鬼頭族《オーガ》のミィとリィ。

彼女たちの前にいるのは僕――ロイドである。

「駄目だ。ここからは本当に危険な戦いになるから、二人は連れて行けない」

「私たちだって力になれるのだ！」

「あ、足手まといにはならないつもりなの」

決して首を縦に振らない僕に、二人は必死に駄々をこねる。

僕だってミィとリィが足手まといになるとは思わない。前線に出せば十分な戦力になるだろう。

しかし、彼女たちはまだ幼い。対人戦は魔物と戦うのとはわけが違う。

「子供は家で待つのが仕事だからな！」

「そうね、後はお姉さんたちに任せなさい」

僕がどう説得しようか迷っていると、大柄な男と魔女のような帽子をかぶった女性が横から口を挟んだ。

「ローレンさん、ミントさん。もう準備は終わったんですか？」

「あぁ！　こっちは準備万端だ！」

「私もよ。いつでも行けるわ」

『碧海の白波』からはローレンを含めてA級が二人、B級が三人。

『緑山の頂』からはミントを含めてA級が一人、B級が四人。計十人が参加することになった。

「お嬢ちゃんたちは俺たちと一緒に行きたいのか？」

「もちろんなのだ！」

「私だって力になりたいの」

ローレンが確認するとリィとミィは力強く頷く。

するとミントが尋ねた。

「じゃあこのギルドは誰が守るの？」

「「え？」」

「私たちのギルドは自分の部下に任せてるわ。けど『雲隠の極月』は？　誰がこのギルドを守るの？」

「「それは……」」

痛いところを突かれて黙り込むミィとリィ。

僕は流石だなと改めて思った。

最後に出す手札として温存しておいたのだが、ミントに先に言われてしまった。

『雲隠の極月』にはレイが待機しているためどうにかなるだろうが、それでも人数は多いに越したことはない。

するとタイミング良く新たに一人の鬼頭族《オーガ》の男が会話に参加する。

「この状況を見越して私を呼んだわけですね」

「やぁ、ニケ。今日は来てくれてありがとう」

彼の名はニケ。『鬼の牙』のギルドマスターをしている男だ。

以前ギルド対抗戦をした相手でもあり、『鬼の牙』はミィとリィがかつて所属していたギルドでもある。

「ニケさん……！」

「お、お久しぶりなの！」

二人は久しぶりにニケを見て微笑を漏らす。

実はミィとリィが移ってきた後も、定期的にニケとの交流は行っていた。

彼はとても優しい性格をしており、『鬼の牙』で爪弾きにされていたミィとリィに対しても冷たく接したことはない。それは今の彼女たちの様子からも分かることだ。

今回こうしてニケを呼び出したのは、二人を預けるためだ。

「僕たちが出ている間、うちのギルドをよろしくお願いします」

「もちろん。責任をもって警備させていただきます」

『鬼の牙』のギルドを留守にするわけにはいかないため、『鬼の牙』の冒険者全員を動員してもらえるわけではないが、それでもニケ含めて十五名が『雲隠の極月』を警備してくれることになった。

ミィとリィも同じ種族であるニケがいると安心だろう。

「ミィ、リィ。僕は二人が足手まといだなんて一度も思ったことはないよ。『雲隠の極月』の大事な戦力で仲間だと思ってる」

僕はしゃがんでミィとリィの頭にポンと優しく手を置く。

「だから二人には僕たちの大切なギルドを守ってほしい。そうしたら僕たちは安心して戦うことが出来るから」

改めて僕は二人にお願いする。

すると二人は納得出来たのか勢い良く首を縦に振った。

「分かったのだ！　絶対に私たちの大事なギルドを守ってみせるのだ！」

「任されたの。絶対に私たちが守ってみせるの」

「ありがとう、二人とも」

僕は二人に感謝してゆっくりと立ち上がる。

そしてミントとローレンとともに、カイロス率いる『太陽の化身』のところへ向かった。

僕たちに気づくとカイロスは不機嫌そうに尋ねてくる。

「準備は終わったか」

「うん、そっちはどうなの？」

「こちらは今、第一、第二、第三部隊を一つに再編制したところだ」

『太陽の化身』からはA級冒険者が五人、B級冒険者が二十人参加することになった。

そしてもう一人、冒険者ではない特例の参加者もいた。

「久しぶりね！　ロイド！」

「君は……」

低い身長に、丸みを帯びた童顔の女性。

獣人であることを示す獣耳にふわふわした獣の尾。

「まさかロイドとこんな場所で邂逅《かいこう》するとは思わなかったよ！　私の予定ではもっと『太陽の化身』で力をつけてからぼっこぼこにするつもりだったのに」

「えっと……知り合いだっけ？」

「そう、私の予定では…………ん？」

意気揚々と語る彼女が言葉を詰まらせた。

「本当に申し訳ないんだけど……誰だっけ？」

「は、はあああぁぁぁぁ!?」

彼女は絶叫じみた声を上げる。

「ロイド、お前の知り合いじゃなかったのか？　彼女はずっとお前に対抗心を抱いていたが」

「いや、そんなこと言われても……」

カイロスは首を傾げる僕を怪訝そうな目で見つめる。

そんな目で見つめられても分からないのだから仕方ない。

すると獣人の彼女は僕の腕をがっしりと掴み、訴える。

「私よ？　ソティアよ？　魔術学院で一緒だったじゃない！」

「ソティア……あぁ！　魔術学院でずっと僕に絡んできてた子か！」

「か、絡んできてた？」

「思い出したよ。テストの順位が二位の人で、ずっと僕にいちゃもんつけてきてた」

「い、いちゃもん？」

僕はやっと思い出して、感慨深くなった。

あの頃は優等生で大人しく、容姿が美しいといった印象だったが、今では陽気で可愛らしい印象の方が強い。

「なんだ、そんな一方的で些細な因縁だったのか。てっきり殺し合いをするような間柄かと思っていたぞ」

「ち、違うのカイロス様！　これはロイドに原因があって……」

「ロイドと会わせるか迷っていた私が馬鹿みたいではないか」

慌てて弁解しようとするソティアに、ホッとしているカイロス。

「ソティアにはロイドがいなくなった後、うちの助言士を務めてもらっていた」

「……助言士？　彼女が？」

「あぁ、彼女は【鑑定】持ちでな。うちの人材育成に大いに役立ってくれたよ」

まさか他にも助言士がいるとは思わなかった。

助言士は僕が始めた職業だ。

別に他の人がやっても構わないのだが、本当に彼女が僕と同じ仕事が出来ているのかは疑問だった。

「ロイドに出来て私に出来ないわけがないのよ！　実際私は第三部隊を砂漠のダンジョンの十八層まで進ませたんだから！」

「へぇーそれは凄いね」

「なっ！　棒読みじゃない！　絶対本心じゃないでしょ！」

僕の反応に怒るソティア。

しかし凄いと感じたのは本当だった。

第三部隊は『太陽の化身』の中でも落ちこぼれが集められた部隊。そう言われているが、僕に言わせると癖のある隊員が多い部隊だ。

本来、僕が第三部隊に移動して彼らに助言するつもりだった。まぁその前にカイロスに追放されてしまったが。

「第三部隊は砂漠の霊竜《アレナ・ドラグール》だって倒したんだから！」

砂漠の霊竜《アレナ・ドラグール》は第三部隊では手も足も出ないような強敵だ。そんな敵を倒したのは確かに偉業だろう。

そもそも適当な指揮官だったら、第三部隊を十五層以降に連れて行くことすら難しい。

どんな手段を使ったのかは知らないが、それなりの実力はあるようだ。

「まぁ雑談はそこまでにしておけ。そろそろ出発の時間だ」

カイロスが騒いでいるソティアを制止する。

そろそろ朝日が顔を出そうとしていた。

僕は集まってくれた全員を見渡せる場所に移動する。

すると先ほどまで騒がしかった冒険者たちが静かになった。

「皆さん、本日は朝早くから集まってくださってありがとうございます」

みんなの視線が僕に集まる。

「今回の目標はノワールの討伐、もしくは無力化。彼の居場所は既に分かっているため今からそのアジトに向かいます」

ノワールの居場所は既にセリーナが見つけていた。

現在も分身体に監視させているらしく、アジトにノワールがいないという可能性は低い。

「奴の配下がいる可能性が高く、何が起きるか分かりません。ダンジョンと同様に命の危険もあります。ですが、ノワールは今まで百人以上を殺してきた犯罪者です。彼を放置するとさらに被害者が増えます。なので皆さんの力をお借りさせてください」

「もちろんだ！　ノワールとやらを俺らでぶっ倒してやろうぜ！」

「そうね、ロイドをこんな酷い目に遭わせた奴は絶対に許さないわ！」

僕が頭を下げるとローレンとミントが威勢良く声を上げた。

「ノワールの討伐は私の悲願だ。『太陽の化身』は全力で奴を潰す」

カイロスの瞳は今までのように濁ってはおらず、覚悟の宿った澄んだ瞳だった。

ちなみに、国王からの正式な討伐依頼書も発行された。国から賞金が出るということもあり、嫌々参加する者は見当たらなかった。

「では改めて、これからノワール討伐作戦を開始します！」

「「おおおおぉぉぉぉぉぉぉ！」」

こうして僕たちの因縁に終止符を打つ最後の戦いが始まった。

†

ノワールの居場所はスラム街の奥にある、荒涼とした一画だった。

人が寄り付かない場所であり、だからこそノワールがアジトとして選んだのだろう。

僕たちは急いでスラム街を走り抜けた。

目的地に辿り着いた僕たちは、巨大な建造物に驚きの声を漏らす。

「ここにノワールが……」

「まさかスラムの奥にこのような場所があったとはな」

一言で表すなら古びた大聖堂。誰も寄り付かなくなった廃教会。

スキル譲渡の際も教会で行っていたが、ノワールには神に祈る習慣でもあるのだろうか。

僕は近くで監視の任に当たっていたセリーナの分身体に声をかける。

「セリーナ、監視お疲れ様」

「いえ、これが私の仕事ですから。後はお願いします」

セリーナはお辞儀をすると、すぐに姿を消した。

詳しくは聞いていないがセリーナの分身体には細かい制限があるらしい。ずっと出し続けておくのは難しいのだろう。

「さて、早速だけど予想通りの問題が起きたね」

大聖堂の前には二人の人物がいた。

全身、真っ黒な服に身を包んだ黒装束の二人組。まるで大聖堂を守護するかのように微動だにしない。

ノワールの部下と見ていいだろう。

一人は巨大な剣を持っており、一人は小さな魔術の杖を握っていた。

隣にいるカイロスが僕に尋ねる。

「ロイド、相手の強さは？」

「待って、今調べてる」

僕はすかさず【鑑定】を使って相手の能力に目を通す。

「……なっ！」

「どうした、何が見えた？」

「【阻害】か【隠蔽】かのスキルで全部は見えなかったけど、能力値だけは見れた」

「それで能力値はどのくらいなんだ？」

「相手の強さは暫定……二人ともS級だ」

「「……っ!?」」

息をのむ冒険者たち。

それもそうだろう。この討伐隊にS級冒険者はいない。すなわちこの場で最も強い者は目の前の二人ということになる。

部下でこの実力ならノワールはどれほどの実力なのか、皆がそんな想像をしてしまう。その時だった。

「ここは俺たちに任せろ！」

「そうね、そのための私たちよ」

ローレンとミントが僕たちの前に立つ。

「たかがS級だ。行けるだろ、お前たち？」

「「「おおおぉぉぉ！」」」

「私たちは魔術を極めし者よ。S級だか何だか知らないけど他の魔術師に負けるわけないよね？」

「「「そうだあぁぁ！」」」

二人の檄《げき》に『碧海の白波』と『緑山の頂』の隊員たちの士気は一気に上がった。

「俺たちが道を作る！」

「その間にロイドたちはアジトの中に入って！」

二人の提案に僕は頷く。

すると二人はまるで打ち合わせをしていたかのように同時に詠唱を始めた。

「【水式秘術《アクアベルク》】！　三式！」

「双方術式展開！　【岩の加速槍《レールランサー》】！　【拡大《ラージ》】！」

二人のそれは対抗戦で見せた奥義だった。

最強の技でなければあの黒装束に隙は作れないと感じたのだろう。

「最初から全力で行くよ！　ローレン！」

「もちろんだ！　合わせてくれよ！　ミント！」

術式を完成させた二人は視線でタイミングを計る。

一帯の魔力が一気に集められ、暴風が巻き起こる。

異変に気づいた黒装束の二人は、ローレンとミントを目掛け一気に距離を詰めてきた。

しかし時すでに遅しだ。

「【水之殲滅斧《アクアブレイカ》】！」

「融合術式展開！【巨大岩の加速槍《ラジレールランサー》】！」

二人は全力の奥義を放った。

巨大な水の斧を叩きつけた直後、目にも留まらぬ速さで巨大な槍が放たれる。

二人はA級だが、今放った技の威力はS級をも凌駕していた。大地が揺れ、空気が震える。

「今だ！」

「今よ！」

二人の合図で、僕たちは砂埃と爆風が巻き起こる中、一直線に大聖堂の入口まで駆け抜けた。

そのまま大聖堂に侵入することに成功した僕たちは足を止めることなく、先へ進む。

中は普通の大聖堂や教会と変わりなく、おかしな点はない。

討伐隊員たちは散らばって探索を始める。

「ロイド様、ミントさんたち大丈夫でしょうか……？」

隣にいるエリスが不安そうに尋ねてきた。

「流石に今の攻撃では倒せなかったと思うけど、それでも彼らなら絶対にやってくれるよ」

あの奥義で倒れてくれたら良かったが、黒装束の二人の気配はまだ残っていた。

それに二人ならノワールの部下を倒すことは出来なくても、足止めは絶対にしてくれる。

「ロイドさん！　ここから先に繋がってます！」

ネロが地下通路の入口を見つけた。他に先に繋がる道は見つからない。

散らばった隊員たちを集めて地下の探索を始める。

地下は長い石造りの通路となっており、先は全く見えない。

そして地下に入ってすぐに皆が異変に気づいた。

「なんかここ、ダンジョンみたいですね」

「確かにな。何かに似てると思ったらそれか」

エリスとネロが、あたりを見渡しながら口にする。

地下なのになぜか明かりがあり、壁はかなり頑丈である。

そして何より戦闘組だけが分かる気配。それはおそらく魔力の濃度から来るものだろう。

ダンジョン内は地上と違って魔力が満ち溢れている。

この大聖堂の地下はダンジョンのような魔力濃度だった。

「嫌な予感がする……」

魔力濃度の説明をすると、皆がダンジョンは魔力が濃いものだと言ってそこで話を終える。誰もそこから先の話はしない。

先の話――なぜ、ダンジョンは魔力が濃いのかという話だ。

研究者によって色々な説を提唱しているが、僕もとある説を提唱していた。

「おい、なんでこんなところに……いるんだよ」

『太陽の化身』の一人が恐怖交じりの声を漏らす。

長い通路が終わり、開けた場所に出た。

そこに僕たちを待ち構えていたように巨大な漆黒の竜が横たわっていた。

「なんでここに混沌の邪竜《カオスヴェイン》がいるんだよ……！」

僕が提唱していたのは、強大な魔物が魔力を生み出しているのではないかという説だ。

魔物が魔力を生み、魔力がダンジョンを形成する。

いわばダンジョンは生態系の頂点に達した魔物の住処《すみか》。

だから今このように大聖堂の地下がダンジョンのようになっているのも、目の前にいる魔物の仕業ということである。

「あり得ない！　混沌の邪竜《カオスヴェイン》は私たちが二年前に討伐したはずだ！」

カイロスを含む、『太陽の化身』のメンバーがあり得ないと声を荒らげる。

無関係なエリスは首を傾げているが、僕とネロも信じられない気分だった。

「ロイドさん、あれって……」

「あぁ、僕たちが倒したはずの本物の混沌の邪竜《カオスヴェイン》だ」

二年前、僕たち『太陽の化身』は一つのダンジョンを攻略した。

漆黒のダンジョン。その最下層にいたボスは『太陽の化身』の全戦力をもってしても攻略は難しかった。

そのボスの名が混沌の邪竜《カオスヴェイン》である。あの時はギルド順位二位のギルドと共闘して、どうにか倒せた。そう、レイドを組むことでようやく倒せたのだ。つまり『太陽の化身』だけでは倒せなかったということである。

「「「…………」」」

『太陽の化身』の隊員たちは俯き、絶望の表情を浮かべる。

誰もがあの戦いの苦しみを知っている。勝てないのではないかという恐怖がこみ上げてくる。

そんな中、一人の少女が声を上げた。

「……なんでみんなしけた面してるの？」

ソティアは下を向いた『太陽の化身』の面々に語りかける。

「あんなのただの黒い蜥蜴《とかげ》でしょ？　なんでそんなにビビってるの？」

「ソティア。君はあの戦いを知らないからそんなことが言えるんだ」

カイロスの言葉に、ソティアはあっさり頷いた。

「うん、私はそんな戦いは知らない。でも分かるよ、みんながその頃よりずっと強くなってるってこと」

「「……っ！」」

彼女の言葉に何人かの隊員が顔を上げる。

「一回倒したんでしょ？　なら今の私たちが倒せないわけないじゃん」

「そんなのでたらめだ……」

それでもまだ希望を見出せない者はいる。

だからこそ彼女は続けて声を上げる。

「君たち、自分が何者か忘れたの？」

ソティアは大きく胸を張って、自信に満ち溢れた口調で告げる。

「私たちはギルド順位一位の『太陽の化身』！　その中から選ばれた精鋭中の精鋭！」

肩書というのは持っているだけでは意味がない時もある。

だが口にすれば力になり、自信の源となる。

「私たちに不可能なんて存在しない！」

ソティアは力強く言い切った。冒険者でもないたった一人の非力な少女の言葉。

しかしそれは『太陽の化身』の面々を奮い立たせるのには十分だった。

「そうだ！　俺たちは『太陽の化身』だ！」

「一度倒したんだから二度目だって余裕よ！」

「速攻でぶっ潰してやるよ！」

自信を取り戻した『太陽の化身』の隊員たち。

正直、誰も言わなかったら僕が出ていこうと思っていたのだが、その前にソティアに言われてしまった。

「どうよ！　私だって『太陽の化身』の助言士なんだから！」

誇らしげにこちらを見るソティア。

確かに彼女には周りを見る目もあるし、雰囲気を察する能力もある。

今の煽りも一度『太陽の化身』から追放されている僕より、現在所属しているソティアの方が効果があっただろう。

「じゃあここは『太陽の化身』に任せても構わないかい？」

「余裕よ！　あんな蜥蜴、さっさと倒してすぐに追いついてやるんだから！」

ここに時間をかけたらノワールを逃がすか、準備されることになる。

それなら先ほどと同じように二手に分かれたほうがいい。

単騎で戦うエリスやネロではなく、ボス攻略に慣れており、チームワークのある『太陽の化身』が残るべき。そう言葉にせずともソティアは察したようだ。

「カイロスはどうするんだ？」

「私は『太陽の化身』のギルドマスターだ。個人的にはノワールを追いたいが、責任者としてここに残るべきだろう」

「分かった。無理はしないでよ」

「誰に向かって言っている。ここは任せてさっさと先に行け」

カイロスはあしらうように手を振り、僕たちを先に行かせてくれた。

僕は彼らに感謝しながら、エリスとネロを連れて奥に続く道へ進む。

「ロイド。貴方に助言士ソティア様からありがたい助言をしてあげる」

「助言？」

僕はソティアを振り返りに足を止めた。

今まで助言ばかりしてきた僕が助言される立場になるのは新鮮だった。

「見ることは【鑑定】するということじゃない。【鑑定】じゃ出てこない弱点だってある」

「【鑑定】では出てこない弱点？」

「ヒントはここまで！　あとは自分でどうにかしてよね！　私を超える天才なんでしょ？」

「あっはっは、天才か……」

久しぶりに聞いた言葉に僕は苦笑を漏らす。

学生の頃、僕がよく口にしていた言葉。

何者でもない自分に苛立ち、弱い自分を取り繕うために使っていた。

もちろん天才でも何でもない。ただ必死に誰よりも努力していただけだ。

「任せてほしい。僕が絶対にノワールの弱点を見つけてみせる」

「まぁ別に出来なくてもいいよ。真の助言士である私がロイドの代わりにノワールを倒してあげるから」

煽るようにべぇーっと舌を出すソティア。

助けようとしているのか煽ろうとしているのか、どっちなのだろうか。

「ソティア！　さっさと作戦を立てろ！」

「分かってる！　とりあえず前衛と後衛に分かれて！」

声を荒らげた仲間——エドガーだ——に、ソティアは怒りながらも指示を出す。

確かに二年前の『太陽の化身』には混沌の邪竜《カオスヴェイン》は倒せなかった。

しかし今なら勝てるかもしれない。一人前のA級冒険者として成長したエドガーに、B級冒険者だったアレンもA級に成長している。そして他のメンバーも確実に成長していた。

「ロイドさん、俺らはノワールに集中しましょう」

「そうだね。僕たちが勝たなきゃ意味がない」

再び細い通路を駆け抜けながら僕は拳を握り締める。

それから再び開けた場所に出るのに、時間はかからなかった。

そこは地下なのに異様に明るく、広い。

巨大な神像とその前に跪《ひざまず》いている黒いローブの男が一人。

彼はゆっくりと後ろを振り返る。

「おぅおぅ、まさか自らここまで来るとはなぁ」

ノワールは歪な笑みを浮かべてこちらを見た。

「わざわざ俺が殺しに行く手間が省けたよ」

見たところノワール一人。他に部下や魔物がいる様子はない。

「あの人がロイド様を酷い目に遭わせた人ですね……！」

「俺がぶっ殺す。任せてください、ロイドさん」

エリスは杖を構え、ネロは二本の剣を抜く。

「たった二人で俺を殺す？　あっはっは、冗談も大概にしてくれよ！」

ノワールはエリスとネロを見て腹を抱えて笑い始めた。

「手始めにこれはどうだ？　合成スキル【真実の鑑定】」

初めて聞くスキル名に緊張が走る。

数秒ほど僕らを見て、ノワールはにやりと笑った。

「一人は【ウォーターボール】しか使えない雑魚《ざこ》で、もう一人はどこにでもいる剣士。これで俺に何が出来るんだ？」

「「……っ！」」

「何今さら驚いてんだよ。うすうす気づいてんだろ？　俺がスキル譲渡の際にスキルを自分にコピーしてたことぐらい」

ノワールは【鑑定】に対して【看破】系統のスキルを合成したようだ。【鑑定】では見抜けないはずのエリスの【ウォーターボール】の項目が見えている。

これは想定外だが、【心眼】ほどの看破力はないらしく安心した。【ウォーターボール】が既にSランクに到達していることも、ネロが【魔術破壊《マジックブレイカー》】を所持していることも見抜けていない。

しかしスキルをコピー出来るのは最悪だ。一番当たってほしくない推測が当たってしまった。

「お前らのようなのが束になったって一生俺には勝てないぞ。まぁあの化け物みたいなメイドが百人ぐらいいたら流石の俺でも危ないかもだけどな」

ノワールの能力は未知だったが、合成スキルが使えることからある程度は推測していた。

ノワールは人から人へスキルを移すことが可能であり、スキルを自由自在に取り上げることが出来る。

ならそのスキルをコピーしたり、自分だけに保存したりすることも出来るのではないだろうか。

そう推測していた。

しかし、それが可能なら人智を超えた力だ。スキルを何十、何百と持つ化け物相手にどう対策を立てればいいのだろうか。

——と、今までの僕なら絶望していたかもしれない。

「とりあえずはプランA。ネロがとどめを刺すんだ」

ノワールが不死身であるということは事前に情報が入っている。

そしてノワールの強みはスキルの多さから来る技の多彩さ。

それなら【魔術破壊《マジックブレイカー》】と【スキル破壊《ブレイカー》】を持っているネロが天敵になりうる。

「了解。エリス、自分の身は自分で守れよ」

「分かってるわ。あんな奴さっさと倒しちゃうわよ」

ネロとエリスは戦闘態勢に入る。

「華麗に舞え！　【水の羽衣鎧《ウォータードレス》】！」

「ん？　他にも魔術を使えるのか？」

エリスは早速、自身に補助魔術をかけた。

これは彼女の【ウォーターボール】と魔導書で覚えた【水の甲冑《ウォーターエンハンス》】の術式を組み合わせて作り出したオリジナル魔術だ。

全能力が二倍以上向上する規格外の魔術である。

エリスは宙を舞いながら二発の【ウォーターボール】をノワールに放った。

「せやっ！　せやっ！」

【水の羽衣鎧《ウォータードレス》】は飛行効果まであった。

これで機動力がないという魔術師の欠点が解消される。ネロがエリスにつきっきりになる必要もない。

「【鑑定】ミスか？　初級魔術にしては威力が強すぎる……まぁ俺には関係ないけど」

ノワールは自身に放たれたエリスの【ウォーターボール】に感心する。

そして、すぐにノワールも魔術を使った。

「【水竜の波動《サーペント・パルス》】」

ノワールはその場から一歩も動かず、水の魔術を使った。

それは水属性の超級魔術で、Ｂ級冒険者を一撃で倒すエリスの【ウォーターボール】を相殺した。

「えぇ!?」

目を見開いて驚くエリス。

しかし、その隙にネロはノワールと距離を詰めていた。

「意外と速いけど、気づいてるよ。【地獄炎天《アゾ・イグニアス》】」

ノワールは今度は火属性の超級魔術をネロに放つ。

すると地面から地獄の業火のような火の渦がいくつも立ち上り、突き上げるようにネロを襲う。

「ぬるい！」

ネロは自分に襲いかかる魔術を二本の剣で掻き切っていく。

「なっ！　魔術を斬った!?」

流石にノワールといえど、魔術を破壊するネロには驚きを隠せないらしい。

それは僕も同じだった。

ネロの【魔術破壊《マジックブレイカー》】は超級魔術を破壊することは出来なかったはずだ。なのにネロは易々と破壊していっている。

おそらくあの剣の影響だろう。ネロが昨日ニックに自身の剣の整備を頼んでいたのは知っている。整備というレベルを優に超えているように見えるが、気のせいではないだろう。

「死ね！」

勢いを殺すことなく一気に距離を詰めたネロ。

純粋な殺気とともにノワールの首目掛けて剣を薙ぎ払った。

「ぐはっ……」

ネロの一撃でノワールの首は綺麗に宙を舞った。

そして鈍い音を立てて地面に落ちる。

完璧なエリスとネロの連携。流石としか言いようがない。

本来なら喜ぶべきところだが、そうはいかなかった。

「いたたっ……あのメイドもそうだし、本当によくお前らは首ばっかり刎ねるよな？　なんかそういう教育でもされてんの？」

「「……っ!!」」

レイとセリーナから聞いていたが実際に見ると悪寒が走る。

首のないノワールはせかせかと落ちた自分の首を取って人形のようにはめなおす。

ネロはノワールと距離を取り、僕の隣に立つ。

「ネロ、手応えは？」

「そうですね。【魔術破壊《マジックブレイカー》】や【スキル破壊《ブレイカー》】が発動した気配はありませんでした」

「ということは魔術やスキル関連ではないということか……」

「あと粘り気みたいなの、確かに感じました。人型の魔物を斬る時とはなんか違う感覚で……」

ネロは言語化が難しいようで眉をひそめている。

粘り気はセリーナも言っていたことだ。だがそれが何を意味するのかはまだ分からない。

改めて僕は目の前の男を【鑑定】する。

【名前】　ノワール（31）
【肩書】　不明
【能力値】　体力E／E　魔力　D／D　向上心　S／S
　　　　　統率力　A／A　知力　S／S
【スキル】　？？？
【固有素質】　改造
【職業】　改造士《チェンジャー》
【個性】　操作　S／S　保管　S／S　合成　A／A

［隠れスキル］　改造　S／S

こうして僕はノワールのステータスを見ているが、これが本当の彼の能力値なのかも疑わしい。部下が隠蔽系のスキルを持っていたのだ。ノワールが持っていない方がおかしいだろう。

「プランBだ。ネロはエリスの援護を頼む」

「了解」

ネロは頷くと、地面を強く蹴って駆ける。

「エリス。プランBだ！」

「今度は私の番ね！　任せて！」

エリスは意気揚々と頷く。

すると彼女は空中に浮いたまま、自身の周りにいくつもの【ウォーターボール】を出した。

「ぶんぶんと飛び回りやがって、だるいなお前ら」

ノワールは飽きてきたのか面倒くさそうにつぶやく。

「【身体強化】【剣士の加護】【上級剣技】【武器錬成】【炎付与】【剣舞】」

ノワールは一気に六つのスキルを使った。

そのせいかノワールは一瞬で熟練の剣士のような覇気《はき》を纏った。

「先にあの女から潰すか」

ノワールは地面を抉《えぐ》るように蹴り、エリスの目の前まで跳躍した。

まさかここまで飛んでくると思わなかったエリスは目を見開く。

「うわっ！」

「魔術師なんて距離を詰めればこれだ」

ノワールは自分で作り出した炎の剣を片手に、エリスを仕留めようと攻撃を仕掛ける。

魔術師であるエリスを先に倒せば、後が楽だと思ったのだろう。

無防備なエリスはなすすべなくノワールに殺される……と思わせるための罠だった。

「これでどう？」

エリスは事前に出していた【ウォーターボール】を自分の前に持ってくる。

そして一気に伸ばして薄い壁のように広げた。

「へぇ、そこまで自由に動かせるんだ。やはりただの【ウォーターボール】じゃないな」

ノワールはエリスに感心しつつ、勢いは殺さない。

「だが、そんなもので俺を防げるとでも？」

ノワールは右手に握る炎の剣で【ウォーターボール】の壁を蒸発させるつもりらしい。

スキルを六つも重ねがけした斬撃。ノワールの表情は自信に満ち溢れている。

しかしそれはエリスだって同じだ。

「えいっ！」

水の壁となっていた【ウォーターボール】が一変。すぐにノワールを包み込み丸くなった。

それはノワールを遮るものではなく、捕獲するためのものだった。

ノワールは呆気なく水球に捕らえられた。

「は？」

ノワールは一瞬驚くが、すぐに外側から【ウォーターボール】を蒸発させて抜け出そうとする。

「【煉獄《ボルケーノ》】」

けれどノワールの目論見は失敗した。

【ウォーターボール】の外から【ウォーターボール】を攻撃してもすぐに修復され、内側では魔術を生成することすら出来ない。

どれだけ【ウォーターボール】の中で暴れても意味がない。水を削り取ろうとしても常時待機させてある【ウォーターボール】で補う。

まさに水の牢獄の完成だった。

こうしてノワールは空中で【ウォーターボール】に閉じ込められた。

「エリスを褒めるのは嫌ですけど、あんなの食らったら絶対に抜け出せないですね」

ネロは青ざめつつノワールを見る。

二つ目の作戦はノワールを窒息死させること。たとえ不死身でも人間なら窒息は免れない。たとえ生き返ったとしても延々と死に続ける地獄の檻となる。

「流石にこれはノワールでも――」

ノワールでも逃げられない、そう思った時だった。

「「「……っ⁉」」」

僕たちはノワールの行動に絶句した。

ノワールは自身の剣で首を刎ねて、頭を【ウォーターボール】の外に弾き出した。

これは誰も想像しなかった打開策である。

「エリス！【ウォーターボール】を圧縮しろ！」

「わ、分かりました！」

僕はすかさずエリスに指示を出す。

どうにか身体だけでも壊さなければ勝ち目がない。

エリスは【ウォーターボール】内に残った胴体を潰すために一気に体積を小さくする。

そして僕の思惑通り、ノワールの胴体は圧力に耐えられなくなり粉砕された。

見るに堪えない光景だが仕方がない。

「これでどうなるか……」

首が無事でも、繋がる胴体がなければ生きられないはずだ。

だが、そんな淡い希望はすぐに消えた。

「ったく、酷いな。人間の仕打ちとは思えないぜ」

頭だけのノワールは普段通りへらへらと喋る。

そして首から胴体、腕、足の順番で骨が生え、内臓、筋肉、そして皮がそれを覆っていった。

「うわぁ！　気持ち悪い！」

「……きっしょ」

その光景を見ていたエリスとネロは正直すぎる感想を漏らした。まぁ僕も同じようなことを考えていたのだが。

ただ、プランが二つとも潰されたことに衝撃を受けていた。

「次はどうする……」

首を刎ねても無駄。身体を潰しても無駄。

今の様子から見るに、恐らく身体全体を圧縮させても欠片から再生するに違いない。

不死身に再生能力。これ以上に絶望的な状況はない。

考えろ、考えろ、考えろ。

ノワールの弱点を見つけられなければ、僕が戦場に出ている意味がない。

何か大きな見逃しをしている気がする……僕は回転させていた思考を一度止める。

答えは、もっと初歩的な所にある気がする。

「もうさっさと殺されてくれねぇかな？」

完全に再生したノワールが面倒くさそうに言う。

「どうせ俺を倒したところで無駄なんだから」

僕は彼を完全に無視する。

彼の言葉に惑わされては弱点に気づくことは出来ない。

ネロの【魔術破壊《マジックブレイカー》】や【スキル破壊《ブレイカー》】で対処出来ない以上、不死身も再生能力もスキルや魔術じゃない……なら何だ？

自身の身体をスキルで改造したとしても、これほどの再生能力を得るのは不可能なはずだ。

考えれば考えるほど迷路にはまってしまう。

僕は再びノワールを【鑑定】しようと目を見開く。

その時だった。ふと彼女の言葉を思い出した。

『見ることは【鑑定】するということじゃない』

『【鑑定】じゃ出てこない弱点だってある』

ソティアが別れ際に言っていた言葉。

彼女は【鑑定】では弱点は見つからないと言っていた。

けれど、それ以外でどうやって見つけるというのだろうか。

「さて、そろそろ終わらせるか。お前の兄も片付けなければならないし」

ノワールの目が僕をじっと捉えていた。

当然、奴は僕が答えを出すまで待ってくれはしない。

「来るぞ！　構えろエリス！」

「う、うん！」

「【射程上昇】【魔力感知】【魔力増加】【魔術師の加護】【魔力解放】【魔導の極意】」

ノワールは今度は魔術系統のスキルを一気に六つ使う。

これで最恐の魔女と呼ばれるミントすらも超える魔術師の誕生だ。

「【残光の断罪《ジャッジメント・レイ》】【深淵の咆哮《アビス・ハウル》】」

一撃で人間を消滅させる光の十字架《じゅうじか》が幾つも宙に浮かび、ネロとエリスに放たれる。

それに続いて、食らえば一瞬で身体が崩壊する強烈な咆哮《ほうこう》も放たれた。

「くっ！」

「きゃぁあぁぁ！」

二人はノワールの攻撃に顔を歪める。巨大な【ウォーターボール】で十字架を相殺し、咆哮も【魔術破壊《マジックブレイカー》】で無効化する。

何とか今の攻撃は凌いだようだが、それも時間の問題。

このままでは確実にこちらが負ける。

「考えろ……考えるんだ……」

【鑑定】を使わずに導き出せる答え。ノワールの弱点。

不死身や再生能力はスキルや魔術ではない。ならどこからその能力が来ているのか。

いや……そもそも不死身なのか？

誰が不死と決めたのか。何を見て不死身だと決めつけたのか。

確かに首を刎ねた。けれどそれは再生能力の一部である可能性もある。

再生能力で思いつくのは魔物。魔物には身体を破壊されても再生する種がいる。

スライムが一番簡単な例だろう。

待てよ……スライム？

僕はなぜかその単語が引っかかった。

そもそもノワールは人間なのだろうか、そういう疑問が芽生えてしまったのだ。

「人間じゃないのか……？」

なぜ、僕はノワールを人間だと決めつけていたのだろう。

いや、もう分からないふりはやめよう。これは僕の悪い癖だ。

結局僕は目に見えるものしか見ていなかった。

固定観念に囚われない隊員を育成する？　それが『雲隠の極月』？

あぁ、そうだ。固定観念に囚われていたのは僕だ。

目に見えるもののみを事実として受け入れ、数値が真実だと理解する。

『太陽の化身』を追放されて理解した。才能だけを見て助言する愚かさを。

そして僕は変わりたいと思っていた。変われたと思っていた。けれどそれは勘違いに過ぎなかったのかもしれない。

結局、僕は今も目に見えるものしか見ていなかった。

そうか……これが僕の弱点だ。

【ユニークスキル】
心眼　A／A　↓　神眼　X／X

その瞬間、僕のスキルが進化した。

「うっ！」

突如、強烈な目の痛みに襲われる。

僕は目を押さえて呻き声を漏らした。

「ロイドさん⁉」

「ロイド様⁉　大丈夫ですか⁉」

咄嗟に後ろを振り返って心配してくれる二人。

しかし彼らには僕に構うような余裕はない。

「よそ見してる暇はねぇよなぁ！」

「ちっ、ふざけた攻撃ばっかりしやがって！」

「そうよ！　反則よ！」

無尽蔵に超級魔術を放ち続けるノワールに、ネロとエリスは必死に抗い続ける。

既にネロとエリスの身体はボロボロだ。準備していたポーションを飲んでなんとか耐えていたが、すぐにそれも尽きるはずだ。

防戦一方で、指揮官は考え事をして目を押さえている始末。

傍から見れば絶望的な状況。しかし僕は笑っていた。

「スライムか……」

散らばっていた情報が一気に集約される。絡まっていた糸が解ける。

スライムは核となっている魔石を破壊しなければ無限に再生する粘性の魔物だ。

それだけなら強そうに聞こえるが、攻撃手段がないという弱点がある。

そのため初心者冒険者がよく練習台にする相手で、ダンジョンでは一層にしか現れない。

もしノワールが人間ではなくスライムなら、すべて納得がいく。再生能力はもちろんのこと、地下牢からの脱獄も、体が粘体になるのなら簡単だったはずだ。スライムではあり得ない圧倒的な力や人間の姿をとれることについては、全て奪ったスキルの恩恵だと説明出来る。

「ネロ！　エリス！　プランCだ！」

「プランC!?　なんですかそれ!?」

「どんなプランでしたっけ!?」

戦闘しながら僕の言葉に耳を傾けるネロとエリス。

彼らが首を傾げるのは当然だ。プランはAとBしかなかったのだから。

「今から僕が指示する通りに動いてくれ！」

「「了解！」」

僕の言葉に疑問を持つことなく頷いてくれる二人。

その信頼に感謝しながら僕は二人に指示を出す。

「エリス！　右に三歩ずれて普通の【ウォーターボール】を三発！」

「えいやっ！」

「ネロ！　すぐに炎の魔術が来るから【魔術破壊《マジックブレイカー》】を構えて！」

「はい！」

僕の指示通り【ウォーターボール】を放つエリス。

ノワールはそれをかわして、エリスではなくネロに炎魔術を放った。

警戒していたネロは難なく魔術を斬り裂く。

「見える！」

突然、見えるようになったノワールの動き。いや、ノワールに限った話ではない。

視界に映る者の少し先の動きが僕の目には見えていた。

まるで手にとるように次の行動が分かる。

「ロイドさん!?　何ですかその目!?」

「……目？」

一瞬こちらを振り返ったネロは僕を見て声を上げる。

僕は近くの水たまりに顔を映す。

「うわっ、なんだこれ？」

水面に映る僕の目は青い輝きを放っていた。

【鑑定】を使う時も目は青く光るがその比ではない。

スキルが進化したからだろうか。

新しいスキルの説明などはないが、なぜか使い方は分かる。

まるでもともと持っていたかのように体が動く。

「エリス！　次は移動速度低下のスキルを使ってくる！　ネロ、右斜め前に【スキル破壊《ブレイカー》】を展開してくれ！」

「りょ、了解！」

「【速度低下】」

その直後、ノワールは移動速度を下げるスキルを使った。

今の僕にはそのスキルの糸が見える。

「【スキル破壊《ブレイカー》】！」

ネロは僕の指示通り、全力で剣を振り下ろした。

手ごたえがあったのかネロは口を大きく開けて驚いていた。

「エリス！　最速の【ウォーターボール】を準備してくれ！」

「わ、分かりました！」

エリスはすぐに【ウォーターボール】を生成する。

それは普段と変わらない【ウォーターボール】だ。

しかしその【ウォーターボール】は圧縮されて、水一滴ほどの大きさになる。

「そんな小さな粒で何が出来る？」

ノワールはその光景を不思議そうに眺めていた。

確かに再生能力を持つノワールにとって、一か所身体を貫かれたところで何の問題もないだろう。

人間だって急所を外せば命に関わることはないかもしれない。

そう、急所を外せばだ。

スライムにとっての急所は魔石。その魔石を正確に撃ち抜かれたらスライムとて死ぬ。

……そこか！

そして僕の目には、ノワールの魔石の位置が正確に見えていた。

「エリス！　左目を目掛けて放て！」

「【ウォーターボール】！」

僕が叫んだ瞬間エリスが【ウォーターボール】を放った。

その小さな一滴の【ウォーターボール】は神速でノワールの左目を貫く。

避ける隙さえ与えない一撃に、ノワールは反応が遅れた。

「……は？」

何が起こったか理解出来ていないノワール。

これまではすぐに再生して元通りだった。

しかし今回は違う。

「ろ、ロイドさん！　初めて手ごたえを感じました！」

魔石を正確に撃ち抜いたのだ。

「ああああああああぁぁぁぁぁ！」

突如雄たけびをあげるノワール。

初めて彼の顔から余裕が消える。

魔石を壊されたノワールは、身体を維持出来なくなったのか溶けて爛《ただ》れていく。そして黒く透明な粘体があらわになる。

「な、なんだあれ……スライムか？」

「まさか人間じゃなかったの!?」

二人も化けの皮がはがれたノワールに驚愕している。

しかし、それは束の間。

「……っ!?　二人とも離れて！」

「「……っ!!」」

危険な未来が見えた僕はすぐに二人を下がらせる。

すると、粘体になりかけていたノワールの身体にブクブクと異変が起き始める。

そしてノワールが初めて声を荒らげた。

「……いかない……ここで負けるわけにはいかないいんだよぉ！」

ノワールは叫びながら肥大化していく。

下半身はスライムそのままの真っ黒で透明な粘体で、スライムに人間の首がついているような状態だった。まるで人間と魔物のキメラだ。

そして下半身は時間が経つにつれて巨大化していく。

「コロス、コロスコロスコロス！　オマエト、オマエノアニダケハゼッタイニ！」

「ごめん、僕のミスだ。魔石を壊しきれなかった」

エリスの【ウォーターボール】はノワールの魔石を確かに破壊した。

だが、ノワールの魔石は一つだけではなかったのだ。

「まずいな……これは……」

『滅命暴走《スタンピード》』。魔物が死ぬ直前に全ての魔力を使って暴走状態に陥《おちい》ることを指す。

本来スライムのような下位の魔物にはあり得ない状態だが、ノワールは普通のスライムではなかった。

「エリス！　すぐにさっきの【ウォーターボール】を……いや、無理だ……」

僕はそこまで言って言葉を失う。

人間の状態のノワールならエリスの【ウォーターボール】で貫通出来たが、スライム状態のノワールには通じない。粘体の中では、魔石に至る前に速度を殺され止まってしまうだろう。

それに時間が経つにつれて体積は大きくなる。

既にエリスの全力の【ウォーターボール】でも傷一つ付かない状態にまで成長していた。

「グオオオオオオオオオォォォォォ！」

僕が迷う間にもノワールの暴走は止まらない。自我を失ったのか、ひたすら巨大化する一方だ。

そうしてさらに体積を増やし、この大きな部屋を埋め尽くさんとしていた。

このままでは部屋いっぱいにノワールが巨大化し、地下空間が崩れる。

スライムであるノワールは問題ないだろうが僕たちは生き埋めだ。

今から来た道を逃げたとしても間に合わない。

先を見通す目もこれでは役に立たない。

せめて、強力な斬撃があれば……

スライムは衝撃には強いが斬撃にはかなり弱い。この巨体を両断出来るほどの大きな刃で、さらに強大な威力があれば、魔石を破壊出来る可能性がある。

しかしここにいる人間ではそんな技は放てない。

エリスの【ウォーターボール】は衝撃を与えるもの。変形は出来るが刃状にはならない。撃つ時は決まって球形である。

ネロの攻撃は斬撃だが、刃を大きくするようなことは出来ない。

それにネロは力を全て【魔術破壊《マジックブレイカー》】と【スキル破壊《ブレイカー》】に振っている。攻撃系のスキルを封印している今、彼の斬撃はスライムの体に吸収されて魔石まで届かない。

僕は必死に打開策を考える。

すると、何を思ったのかネロがエリスに提案した。

「……なぁエリス。いつもの訓練をしないか？」

「はぁ？　急に何を言って……」

突拍子もないことを言い出したネロに、エリスは苛立ちの声を上げる。

しかし、彼の目は真剣だった。

これまでずっと隣で戦ってきたエリスは、ネロには策があるのだと直感したようだ。

「……【ウォーターボール】をぶつけるだけでいい？」

「あぁ、頼む」

ネロはそう言うと、二本の剣を見つめた。

†

ロイドも知らないネロの策とは何か――

時は今朝、『雲隠の極月』のギルドを出発する時まで遡る。

「あと、余計なことかもしれなかったすが、その剣にネロさんの力を引き出す仕組みをつけました」

「俺の力を引き出す？」

「はい、それはネロさんの武器に攻撃手段をつけさせてもらったことです」

ニックは知っていた。ネロが攻撃手段を失い悩んでいたことを。

もちろんそれを、仲間に任せると決めて克服したのも知っている。けれど根本的に解決したわけではなかった。

だからニックはその弱点を武器で補おうと考えた。

「その名も『始動武器』。魔術を吸収することで変形して魔力の斬撃を放てるっす」

「なっ⁉」

ニックの説明にネロは唖然とする。

ニックが何を言っているのか全く理解出来なかったのだ。

彼はこの武器のために素材から作り始めた。魔術を破壊しやすくする素材であり、魔力を吸収しやすい素材。そんな矛盾するような素材を、ニックは半日で作り上げた。

「ネロさんは【魔術破壊《マジックブレイカー》】で魔術を破壊出来るっすよね。その魔術は破壊されるとすぐに形が崩れます」

エリスの【ウォーターボール】がいい例だった。

ネロの【魔術破壊《マジックブレイカー》】で斬られた【ウォーターボール】はその場で形が崩れ水たまりとなる。

「この剣は魔術が消滅する前にその力を吸収します。そしてそのエネルギーを斬撃として放てるんす」

魔術が魔力に戻る瞬間、ニックが作った剣は魔術を吸収する。

魔術を破壊しなければ吸収出来ないので、ネロしか使うことが出来ない彼専用の武器と言えるだろう。

「吸収した魔術が強ければ強いほど斬撃も強くなるっす。もちろん使い手が制御出来ればの話ですけど」

一般人では斬撃を放つことはおろか剣を握ることすら出来ないが、ネロなら制御出来るとニックは信じていた。

「今は試作段階で、今日緊急で取り付けた機能なので一回しか使えないっす」

ピンチの状態でしか使えない起死回生の一撃。

けれど、攻撃手段のないネロにはそれだけで十分だった。

「そ、そんなことが本当に出来るのか⁉」

これが今朝行われたネロとニックの会話の内容である。

†

ロイドが自分を見ていることに気づき、ネロはそちらを見た。ほんの一瞬視線を交わしただけで、ロイドはネロの考えを理解したらしい。「その策に乗るよ」と言うように微笑んだ。

人生の師に向かって頷いた後、ネロは剣を見つめた。

「ありがとな。ニック」

そして、この場にいない一人の天才鍛冶師に感謝する。

彼は自分を凡人だと卑下していたが、ネロから見れば十分才能に溢れていた。

でなければこのような剣は作れない。

「エリス！　俺を殺す気で撃て！」

「後で文句言わないでよねっ！」

エリスはそう言って【ウォーターボール】をネロ目掛けて放った。

ネロは二本の剣でいつもの鍛錬のように彼女の【ウォーターボール】を斬り裂く。

そして斬り裂いた【ウォーターボール】の魔力を双剣が吸収する。

全て吸収し終えるとネロの二本の剣は青い光を放った。

「補充完了《チャージクリア》」

ネロはすぐさま、次の段階へと進む。

「――始動《スタート》」

その瞬間、武器が初めて産声を上げた。

まるで生きているかのように二本の剣が合わさり、一つの大きな剣となる。

その剣は透明な水を纏い、刀身から尋常ではない量の魔力を溢れさせていた。

剣が少し揺れるだけで空気が震える。

その剣の柄をネロは強く握り締めた。

「ロイドさん。魔石の場所を教えてください」

「体の中心。あの白い魔石だ」

ノワールの中心には白く光る魔石があった。

先ほどまで人間の体に隠れていたが、今は粘体の中にあるせいであらわになっている。

「ふぅ……」

ネロは深呼吸をして精神を統一する。

失敗は許されない状況。ぶっつけ本番で初めて行う攻撃。

けれどネロには不安は一切なかった。

後ろでは信頼しているロイドが見守ってくれている。命を預けられるエリスが期待してくれている。

そしてこの剣にはニックの想いが込められている。

何を恐れる必要があるのだろうか。何処に失敗する理由があるのだろうか。

「──始めるか」

これは終わりではなく始まりだ。

後世に語られる英雄譚の始まり。最強の剣士の物語の第一章。

ネロはノワールに向かってゆっくりと剣を振り下ろした。


「《瞬絶剣閃》」

刹那《せつな》──次元が斬れた。

肥大化していくノワールの体の中心を捉えた斬撃は、一撃で彼を真っ二つにした。

神業のような斬撃にノワールの体が綺麗にズレる。

そしてその身体の中心では、真っ二つに割れた魔石があらわになっていた。

「グハッ──」

魔石を一刀両断されたノワールの身体は崩壊し始める。粘体が空気に溶けるように泡立ち、どんどん消えていく。

魔石がなければ魔物は身体を維持することは出来ない。それが魔物の定めである。

「意外に呆気ない幕引きだったね」

ロイドはネロの規格外の技に驚きつつも、消えていくノワールを見ながらそんな言葉を漏らした。

魔石を全て失った彼はもう死に抗うことは出来ない。

後は死を待つのみである。

「シニタク……ナイ……」

「もう終わりだよ。ノワール」

ロイドは消えていくノワールに近づき、そう口にする。ノワールの体で残っているのはもう首だけだった。

これで全ての因縁が終わる。全ての問題に片が付く。

その元凶はなぜかとても悲しそうな顔をしていた。

なぜお前が。そう言ってやりたかったが、言うだけ無駄だと思い直す。

ロイドは踵《きびす》を返してエリスとネロの所まで戻ろうとした。

「……ナァ……」

「……？」

ノワールは掠《かす》れた声で何か言っていた。

ロイドは立ち止まりノワールの言葉を聞いた。

「ゴメンナァ……」

「は？」

ノワールは謝罪の言葉を口にしていた。

百人以上の人を殺した魔物のくせに今さら何を言っているのだろうか。

どうして思ってもいないことを最後の最後に口にするのか、そう思っているとノワールは謝罪の後に小さな声でこう言った。

「ゴメンナァ……アイシャ……」

それだけは本心からの謝罪の言葉だった。

そして次の瞬間、ロイドの脳内にある男の記憶が流れ込んできた。

†

俺は弱いスライムだった。

魔物の世界は弱肉強食。強くなければ生きてはいけない。

なのに俺は弱く、同胞であるスライムからもいじめられるほどだった。

ダンジョンから追い出され、空腹で地上を彷徨《さまよ》っていた。

ここで俺の人生は終わりか、そう思いながら野垂れ死にかけていた時だった。

「大丈夫？　スライムさん？」

俺は一人の女性と出会った。
魔物である俺は冒険者協会に突き出されるのが当たり前。
しかし彼女はボロボロな俺を看病してくれた。
その後もいつまでもここにいていい、そう言ってくれる心の優しい人間だった。
「真っ黒のスライムだから……ノワール！　あなたの名前はノワールよ！」
それからの俺の人生は信じられないくらい楽しかった。
彼女と——アイシャと一緒に暮らして、遊んで、仕事をして、時には喧嘩もして。
もちろん俺は魔物だ。彼女の家から出ることは出来ない。
それでも十分幸せだった。彼女と一緒にいるだけで心が満たされていた。
しかしそんな幸せな時間は永遠には続かない。
「魔女だ！　魔物を飼っている魔女がいるぞ！」
どこからか彼女が俺を匿《かくま》っているという情報が漏れてしまったのだ。
村人たちが一斉に彼女を魔女だとはやし立て、迫害を始めた。
一人が声を上げまた一人が声を上げる。そうすれば群集心理の出来上がりだ。
そして彼女はある日、寝ている最中に村人の魔女狩りによって殺された。
俺のせいで彼女は死んだ。俺のせいで彼女は殺された。
ひたすら泣いた。泣いて泣いて泣いて泣いて怒った。

この理不尽な世界を呪った。

村の住人たちは例外なく殺した。人間を食って人間になってみたりもした。

けれどこの悲しみが晴れることはない。殺された彼女は還ってこない。

そもそも俺が彼女に出会わなければ、今も彼女は幸せに生きていたはずだ。

だから俺が悪い。俺という存在が悪だ。

そう思った俺は自ら命を絶とうとした。

その時、俺の前に神が現れたのだ。

『今から一つの試練を与える。もし試練を乗り越えられたのなら何でも願いを一つ叶えてやろう』

試練とは人間から人間へのスキル譲渡を百回繰り返し、百を超えるスキルを集めること。

スキル譲渡の力を与えられた俺は、あらゆる手段を使ってスキル譲渡を繰り返した。

彼女を——アイシャを何としても生き返らせるために。

そして願わくば、俺のことなど忘れて普通の女性として幸せに生きてほしかった。

†

「……ロイドさん？」

「いや、なんでもない」

本来見えるはずのないノワールの記憶を見た僕——ロイドは、表情を曇らせていた。ネロの呼びかけで現実に引き戻され、頭を左右に振る。

消滅して跡形もなくなったノワールを見送ってエリスは呟く。

「終わりましたね……」

「あぁ、ようやく終わったよ」

これで今戦っていたノワールとは別に本体がいました、なんてことになれば大騒ぎだが、おそらくそんなことは起こらない。

「【鑑定】はもう出来ないのか……」

名残惜しい思いで僕は口にする。

エリスとネロを見ても、いつものようにウィンドウが出てくることはない。

もう彼らの能力値や素質が見えることはないのだ。

「ってことはちゃんと戻ったんですね。リーシアさんのところに」

「そうだといいんだけどね……」

僕もネロと同じように願う。

けれどなぜか心の中にしこりのようなものがあった。

あの、ノワールがこんなにあっさり死ぬものなのか。

潔く死を受け入れるような性格だろうか。

「……ロイド様？」

「いや、なんでもない。ここから出て早く他の部隊の援護に――」

援護に回ろう。そう口にしようとした時だった。

『……てる？　ロイド！　聞こえたら返事をして！』

「この声はミントさん？　どうしました？」

突如、僕の脳内に直接響くミントの声。

この経験は初めてではない。最初に僕が参加したギルドマスターの会議でも、ミントが【念話】の魔術で話しかけてきた。

『そっちは今大丈夫？』

「はい、今ノワールを討ちました。それよりそっちで何かあったんですか？」

これほど焦った口調のミントは初めてで、何かあったのではないかと心臓の鼓動が速まっていく。

『それなら早く大聖堂から出てきて！「太陽の化身」組も混沌の邪竜《カオスヴェイン》を倒してもう外に出てきてるから！』

「わ、分かりました」

僕はミントの指示を簡潔にエリスとネロに伝えた。

するとネロは真っ先に首を傾げた。

「ん？　なんかおかしくないですか？」

「どういうことだい？」

「普通、カイロスたちが混沌の邪竜《カオスヴェイン》を倒したなら、そのまま俺たちのところに援軍に来ますよね？　なんで俺たちがノワールを倒したことを知らないのに脱出してるんですか？」

「そう言われてみれば……」

カイロスなら自分の手でノワールを倒そうとしただろうし、ソティアはあれほど僕から戦果を奪いたがっていた。

なのに彼らがノワールを討つ前に大人しくここから脱出するなど考えにくい。

「まぁ、とりあえず外に出よう。出たら分かるはずだ」

それから僕たちは駆け足で来た道を戻り、大聖堂から脱出した。

「やっと出てきた！　本当に心配したんだから！」

大聖堂の入口には不安そうな表情のミントをはじめ、他の隊員たちが揃っていた。カイロスとソティアもどことなく落ち着かない様子だ。

「ミントさんたちもノワールの部下を倒せたんですね」

「いや、倒せなかったよ。やっぱりS級相当は強かった」

「でも、そこに死体が転がってるじゃないですか？」

僕は二人並んだ黒装束の遺体に視線を向ける。

「これは相手が勝手に自害しただけ」

「自害!?　なんで……？」

「それは上を見れば分かるよ」

「上？」

僕はミントに言われた通り、真上に視線を向ける。

「……え？」

そこでようやく理解した。なぜ、ミントたちが戦闘結果を知る前に僕たちを大聖堂から脱出させようとしたのか。

「なんですか、あれ……？」

「なんか近づいて来てないか……？」

エリスとネロも空を見上げて唖然とする。

空から尾を引いた小さな物体がこちらに向かってきていた。

「まぁ一言で表すなら隕石《いんせき》よ。ここに向かってきてる」

「「はあぁぁぁ!?」」

僕たちは声を荒らげる。

「叫びたいのはこっちよ！　敵は急に自害するし、隕石とか意味分からないし！」

「何かノワールは言ってなかったのか？」

ミントを制しつつ、カイロスが尋ねる。

「そう言われてみればそんなことを言ってたような……」

ノワールは確かこう言っていた。

どうせ俺を倒したところで無駄なんだから、と。

その時の僕は、奴が心理戦に持ち込むための戯言だと聞き流していた。

けれど違ったのだ。ノワールはこうなることを知っていた。

「でもノワールにこんな力があるはずがない……」

しかし僕は納得いっていなかった。

確かにノワールは強敵だった。スキルを百以上も持つ化け物だ。

けれどこれは明らかに魔物といえど、個の持つ力の範疇《はんちゅう》を超えている。

「今はそんなことどうだっていいの！　問題はあれをどうやって処理するかってことよ！」

ソティアは思考の渦に入ろうとする僕を現実に引き戻す。

「多分、あの隕石は最低でも直径一キロはある。その大きさなら燃え尽きずに地上まで到達するし、この王都は全壊よ！」

「「……っ⁉」」

ソティアの言葉に、皆はようやく危機感を覚えた。

彼女の言う通り、あの大きさなら確実に地上に到達する。

そして王都は全壊。ここに住んでいる者は誰も生き残れないだろう。

「流石の俺でもあれは斬れないです」

ネロは歯がゆそうに言った。

恐らくあの隕石は人為的なもの。偶然あんなものがここに落ちてくるなんておかしい。だから魔術やスキルによるものと考えられる。となればネロの【魔術破壊《マジックブレイカー》】の出番だ。

そう思ったのだが、ネロは直感的にあの大きさと威力の隕石は斬れないと理解したらしい。

それに斬れたとしても残骸はどうすればいいのか。

残骸だろうとあの大きさだ。結局王都の全壊は免れない。

「ちなみに私たち『緑山の頂』の魔術師が全員魔術を放っても無理よ。距離的に届かないし、威力も全然足りない」

「俺たちは剣闘士ばかりだからなんの役にも立てん！　すまん！」

ミントとローレンも申し訳なさそうに首を横に振る。

「じゃあどうするのよ！　もう時間だってないのよ！」

ソティアは頭を抱えて死にたくないと叫ぶ。

たとえS級冒険者でもあの隕石に対処出来るか分からない。

そもそもS級冒険者なら自分の身を守る手段ぐらいはあるはず。おそらく自身の命か、周りの数人だけでも助けるという選択をするだろう。

誰かが破壊してくれる、そんな願いの先にあるのは死のみだ。

「あの……私がやってみてもいいですか？」

「……エリス？」

「私があの隕石とやらを壊してみせます！」

僕の隣にいるエリスは意気込んでいた。

彼女の表情には恐怖や絶望といった負の感情はなかった。

「流石にエリスちゃんでも無理よ。あれは頑張って壊せるなんてものじゃないわ」

そんなエリスにミントは冷静に意見する。

「エリスちゃんの馬鹿げた力量は魔術師として私が一番理解しているつもり。だからこそはっきり言う。エリスちゃんじゃ隕石は壊せない」

ミントだって好きでこんなことを言っているわけではない。

ただ、無意味な希望は絶望と変わらない。

それなら壊すという選択肢ではなく、どのように生き残るかという選択に舵を切った方が良いと考えたのだろう。

その考えは冒険者の先達として実に合理的で現実的だ。

しかし、そういう風に考えてしまったら『雲隠の極月』ではない。

「エリス……いけそうかい？」

「……はい。出来ます」

僕の確認にエリスは力強く頷いた。

「ロイドまで何言ってるの!?　貴方が一番合理的な判断が出来るはずでしょ！」

「えぇ、だからこそ僕はエリスを信じます」

信じられないと言いたげなミントだが、別に僕はやけくそになったわけじゃない。

「今まで僕は一番近くでエリスを見てきました。彼女がどれだけ必死に努力してきたか、諦めずに【ウォーターボール】に向き合い続けてきたか」

一言で言うと、エリスの努力量は今まで見てきた人の中で群を抜いている。

もちろんネロやニック、エルナたちも尋常ではないがその比ではない。

時間があれば【ウォーターボール】を撃っている。

彼女にとって【ウォーターボール】は生活の一部であり、大好きな魔術なのだ。

恐らくエリス自身は努力とすら思っていないだろう。

「僕は何とか出来る可能性が一番あるのはエリスだと思っています。僕はエリスを信じます」

僕は堂々と言い切った。

エリスが嬉しそうにはにかむ。

きっと、何を言っているんだと思っている人もいるだろう。

けれどそれを口にすることは出来ないはずだ。

今、彼女を超える可能性を持つ者はいないのだから。

「エリス、チャンスは一回きりだ。そこで失敗したら隕石が近すぎて、壊せたとしても被害を免れることは出来ないだろう」

現在の地上と隕石の距離を考えると、チャンスは一度きり。

今の距離で【ウォーターボール】で破壊すれば、破片や残骸が小さくて済む。地上に到達するまでに燃え尽きるだろう。

だが、二回目で壊すとなるとそうもいかない。破片がさらに被害を出す恐れがある。

「エリス。全力でぶっ放して来い！」

「はい！　ぶっ放してきちゃいます！」

†

「ふぅ……」

あんなに意気込んだものの、私——エリスはとても緊張していた。

それはそうだろう。失敗すればみんな死ぬかもしれないのだから。

意味が分からない。まるで世界の命運を私が握っているみたいではないか。

まぁ実際握っちゃってるかもしれないけど。

「やるしかないわよね……！」

でも退くという選択肢はなかった。

私の憧れであり、尊敬する、大好きな人が私なら出来ると言ってくれた。

それだけで無尽蔵の力が湧いてくる。何でも出来るような気になってしまう。

大聖堂の入口で、みんなが私を囲んでいる。口々に励ましの言葉をかけてくれているが、心臓の音が大きすぎて聞こえない。だけど、勇気は十分にもらった。

「華麗に舞え。【水の羽衣鎧《ウォータードレス》】」

私は戦闘服を身に纏う。

そして空を舞った。地上からでは周りに被害が出てしまうかもしれない。

王都全体が見渡せるぐらいまで高度を上げた。

「ありがとう、エルナちゃん……」

私はここにはいない小さな職人に感謝を述べる。

そして彼女が作り上げた魔術の杖を取り出した。

彼女は言った。これなら今の自分の限界を超えられると。

正直あの時の私はピンと来ていなかった。けど今なら分かる。

目の前に迫っている隕石。私はあれに勝てる【ウォーターボール】を生み出せる気がしない。それが私の限界なのだろう。

でもエルナの杖のおかげで私は限界を超えられる。

エルナだけではない。

日々練習に付き合ってくれたネロ。

私の愚痴に付き合ってくれたニック。

同じ魔術師として指南してくれたミント。

そして何より、私を見つけてくれたロイド。

その他にも多くの人が私の【ウォーターボール】のために協力してくれた。

この【ウォーターボール】には私だけではなく何十、何百人もの重みがある。

私は落ちてくる隕石目掛けて杖を振り上げる。

「水の加護のもとに」

私は詠唱を始める。

詠唱も久しぶりだ。最初の頃はたった一文の詠唱なのによく噛んだりしてたっけ。

「球となり相手を穿《うが》て」

それから徐々に早口で言えるようになって、省略出来るようになって。

いつの日か詠唱自体しなくなっていた。なくても魔術が使えるようになっていた。

「【ウォーターボール】」

締めの言葉で詠唱が完成する。

その瞬間、私の杖の先に巨大な【ウォーターボール】が現れる。

これほどの大きさの【ウォーターボール】を生み出したのは『鬼の牙』との対抗戦以来だろう。

あの時も確か詠唱して出した【ウォーターボール】で城を一発で破壊したのだった。

「うん、やっぱり何度やっても楽しい」

私が人生で初めて使った魔術であり、最後に使う魔術でもある。

私にとって【ウォーターボール】は体の一部だ。それぐらい熟知している。

「【ウォーターボール】」

巨大な【ウォーターボール】の隣にもう一つ同じものを作り出す。

でもこれだけでは足りない。これだけでは私の求める【ウォーターボール】にはならない。

「【ウォーターボール】【ウォーターボール】【ウォーターボール】」

私はそれから何個も何十個も【ウォーターボール】を作った。

傍から見れば何をしているのか分からないかもしれない。

ちなみに実は私にも分かっていない。これが正解なのか不正解なのか、でも私は自分の直感に従うことにした。

「これぐらいでいいわよね?」

私の頭上には百にも及ぶ【ウォーターボール】が浮かんでいた。

一つ一つは城ほどの大きさである。

「じゃあ頑張って一つにするわよ!」

なぜ私の【ウォーターボール】が城ほどの大きさが限界なのか。それは多分、私の想像力に理由があるのだと思う。

私がそれ以上大きい【ウォーターボール】を想像出来ないから一発では作れない。

けどそれなら幾つも作ればいい。

雪玉を幾つも合わせて雪だるまを作るのと同じ。

私の【ウォーターボール】も合わさることで私の限界を超える。

「わぁ……！」

そして出来上がった【ウォーターボール】を見て、私は感嘆の声を漏らした。

素晴らしい。何と巨大な【ウォーターボール】なのだろうか。

お昼時なのにフェーリア王国の王都を真夜中にするような大きさである。

ずっとこの素敵な【ウォーターボール】を眺めていたいが、そうもいかない。

「さて、あとはぶつけるだけ」

問題はこれからである。相手は途轍もない速さで地上に落下してきている隕石。

対して私は重力に抗いながら【ウォーターボール】を隕石にぶつけなければならない。

たとえ【ウォーターボール】がどれだけ大きかろうと威力がなければ意味がない。

ぶつかって通り抜けるかもしれないし、【ウォーターボール】だけが破壊されるかもしれない。

「ふぅ……」

私は再び深呼吸をして精神を落ち着かせる。

これは私が緊張した時のルーティーンでもあった。

思い出そう。私にとって大事な言葉を。
『【ウォーターボール】は好き？』
私にとって始まりの言葉。私の色褪せた人生を鮮やかにしてくれた言葉。
私の大好きな人が初めてかけてくれた言葉。私に自信を与えてくれた言葉。
『僕はエリスを信じます』
つい先ほどロイドが言ってくれた言葉。
それがどれだけ私の力になったか彼は分かってないだろう。
不安だった私を後押ししてくれた。
その言葉さえあれば私はどこまでも舞える。どこまでも羽ばたける。
「……うん、大丈夫」
私は杖をぎゅっと握り締める。
そして隕石に向けて照準を合わせた。
あとは口にするだけ。何千、何万と口にした私の魔術を——
「【ウォーターボール】」
その瞬間、私の頭上にあった【ウォーターボール】が勢い良く放たれた。
その速さは音速も超える。
やがて【ウォーターボール】は大気圏を抜け、正面から隕石に衝突した。

「……うぐっ！」

突如、押し寄せる重圧。気を抜けば一瞬で身体が圧《お》し潰される。

【ウォーターボール】が受けている圧力が術者である私に伝わっているのだ。

よってここで私が挫けたら【ウォーターボール】は消滅し、隕石は地上に到達する。

「せやああああああああぁぁぁぁぁ！」

私は咆哮を上げ、全身全霊で押し返す。

私に残っている全ての魔力を右手に握る杖に注ぐ。

隕石ごときに私の【ウォーターボール】は絶対に負けない。

なんたって私の【ウォーターボール】は世界一なんだから。

「はあああああああああぁぁぁぁぁ！」

刹那――私の全てを賭して作った【ウォーターボール】は勢い良く隕石を破壊した。

それと同時に、超巨大な【ウォーターボール】も消滅する。

「良かった……ってあれ？」

その瞬間、ホッとするのと同時にあることに気づいた。

この感覚は久しぶりだ。魔力切れである。

没頭していて気づかなかったが、私は今かなり上空にいるのだ。

魔力切れなのにどうやって地上まで降りるのだろうか。

「……あっ、やばいかも」

【水の羽衣鎧《ウォータードレス》】が消滅する。

高度が維持出来なくなり、私は重力に引かれて落下していった。

「お膳立てしてあげたんだから後は頼むわよ」

急激な落下の最中、そんなミントの声が聞こえる。

その瞬間、私の身体がふわっと巻き上げられ、支えられているような感覚がした。

怖くて下は見られないが、ゆっくりと私の身体は地上に近づいていく。

そして地面に触れそうになった時、私の身体はそっとお姫様抱っこのように抱きかかえられた。

「きゃっ！」

「あ、ごめん。抱える前に声をかければ良かったね」

「ろ、ロイド様⁉」

一瞬で顔が真っ赤になってしまう。バレてなければいいが。

ロイドはすぐに私を地面に下ろした。もうちょっと抱えていてくれればいいのに。

「流石はエリスだよ！　よくやってくれた！」

ロイドはとても嬉しそうに私を褒めてくれる。

これだけでどれだけ頑張っても報われる。その言葉があるだけで次も頑張ろうと思える。

そして今の私にはこれで十分だ。これ以上は求めてはいけない。

「ロイド様。行ってください」

「え？」

「リーシアさんのところ、気になって仕方ないんですよね？」

「うっ、それは……」

図星だったらしくロイドは動揺した姿を見せる。

ノワールも倒し、隕石も消滅させた。もう彼がいなくても大丈夫なはずだ。

今の私に出来るのは、笑顔で送り出してあげることだけ。

「私たちはギルドでずっとロイド様の帰りを待ってますから」

「……本当に何から何までありがとう。またギルドで！」

そう言ってロイドはカイロスと共に『太陽の化身』のギルドへ向かった。

「それよりエリスちゃん、さっきの【ウォーターボール】なによ！　どうやってやったの!?」

「私もあんなの初めて見ました！　教えてくれませんか？」

「やっぱりエリスは最高の水魔術師だぜ！」

二人がいなくなると、すぐに私の【ウォーターボール】の話で持ちきりになった。

一人きりでただひたすら【ウォーターボール】を撃っていた私が、今やこうして色んな人に囲まれて認められている。

それだけで私はとても心地よかった。

この大切な居場所を守れて良かったと心から安堵した。

†

その後、僕――ロイドとカイロスは急いでリーシアがいる『太陽の化身』のギルドへと向かった。

前回リーシアの部屋に入った時は何重もの鍵がかけられていたが、今日はかけられていなかった。

カイロスが開けていたのだろう。

「リーシア！」

「姉さん！」

部屋に入ると僕たちは同時に大切な人を大声で呼ぶ。

部屋に入って真っ先に見えたのは、ベッドで身体を起こしている女性の姿だった。

「………？」

突然入ってきた僕たちに驚き、首だけこちらに向けるリーシア。

そこにはもう眠り続ける彼女はいない。

「目、目が覚めたのか？　リーシア？　自分のことが分かるか？」

カイロスが恐る恐るリーシアに近づいていく。

するとリーシアはきょとんとした風に首を傾げた。

「えっと……老けたね？　お兄ちゃん」

「リーシアぁ！」

カイロスは泣きながらリーシアを強く抱きしめる。

兄さんがこんな風に感情をあらわにするのを見るのは久しぶりだった。

「く、苦しいよぉ」

「そ、そうだな！　すまん！」

微笑みながらも苦しそうなリーシアに気づいたカイロスはパッと離れる。

それでも感情が溢れて止まらないのか、項垂れてしゃがみ込む。

そしてベッドのシーツを強く握り締めながらリーシアに頭を下げた。

「ごめんなぁ、俺が不甲斐ないせいで長い間、お前に苦しい思いをさせて……！」

今まで僕にも見せなかったカイロスの弱い姿。

リーシアを目覚めさせるために、何を捨ててでもどんな手段を使ってでも一直線に進んできた。

それが達成された今、ギリギリ保っていた感情の枷《かせ》が外れてしまったらしい。

「ううん、私ずっと意識が朦朧としてたけど伝わってたよ。お兄ちゃんが今まで私のことを大切に面倒見てくれてたの」

リーシアは動かしづらそうな体を一生懸命動かす。

そして泣きじゃくっているカイロスの頭の上に優しく手を置いた。

「今までありがとう……カイロスお兄ちゃん」

「あ、ああああぁぁぁぁぁぁぁ！」

今の一言だけでこれまでの努力が全て報われる。

カイロスはそう言わんばかりに涙を流し続けた。

「良かった……本当に良かった」

僕もそんな二人を見つめながらホッとする。

今すぐにでも泣きたい気分ではあったが、目の前でカイロスに泣かれたら逆に涙が引っ込んでしまった。

そんなことを思っていると、リーシアの視線がゆっくりとこちらに向いた。

「えっと……」

「ロイドだよ。久しぶり、姉さん」

戸惑っているリーシアに僕は笑いかける。

昔と比べたら僕も身なりや言葉遣いが全く変わっている。

それこそカイロス以上に変わっているだろう。

八年間眠り続けていたリーシアが分からないのも無理はない。

「そこの彼はどなた？　お兄ちゃんのお知り合い？」

「……え？」

僕は言葉を失ってしまった。

今、リーシアは何と言ったのだろうか？

「ろ、ロイドだよ。姉さん」

「うーん、そんな人知り合いにいたかな？」

リーシアは必死に思い出そうと首を傾げている。

カイロスは苦笑しながらリーシアに尋ねる。

「リーシア、ロイドだ。覚えているだろう？　私たちの大切な弟だよ」

「弟？　弟なんて……いたっけ？」

「あ、あれほど私とロイドを取り合ったじゃないか？」

「ご、ごめんなさい……思い出せそうにないかも」

カイロスの促しも空しく、リーシアは僕に頭を下げた。

その謝罪は僕のことを全く覚えてないという意味である。

「ろ、ロイド。多分リーシアは起きたばっかりで記憶が戻っていないんだ」

カイロスは僕を落ち込ませないように取り繕う。

けれどその言葉は今の僕には何の意味もなかった。

「…………」

これは僕がこの八年間のうのうと生きてきた罰なのだろうか。

カイロスは僕と違って必死にリーシアを助ける道を模索していた。

誰にも相談出来ない状況でも、どんなに困難な状況でも諦めることなく抗い続けていた。

そんな中、僕は何をしていたのだろうか。

学院に通って、助言士になって、姉の代わりに才能がある者を見つけようと、免罪符を得るための行動ばかりしていた。

抗い続けたカイロスは覚えていて、諦めていた僕は覚えていない。

別に何もおかしくない話で、神の計らいと言われたら納得出来る。出来るはずなのに……

「……あれ？　なんで……姉さんが目を覚ましただけで嬉しいはずなのに……」

気づいた時には僕の頬を伝って大粒の涙が流れ落ちていた。

今まで亡くなったと思っていたリーシアが生きていた、そして目を覚ました。

それだけで泣けるほど嬉しくて、夢かと思えるほど現実味がなくて。

なのにどうして悲しいと思ってしまうのだろうか。

「ロイド……」

カイロスはそっと視線を落とす。かける言葉が見つからない様子だった。

駄目だ。リーシアが目を覚ました素晴らしい日を、僕が台無しにするわけにはいかない。

それにいつか僕のことを思い出す日だって来るかもしれない。

それが明日か、来週か、それとも来年か。

分からなくても、僕には待ち続けるという選択肢がある。それだけで救いなはずなのだ。

「うん……大丈夫……僕は大丈夫だから……」

そう自分に言い聞かせた時だった。

「ニャア～」

静まり返った部屋に、可愛らしい猫のような鳴き声が響いた。

その鳴き声には聞き覚えがあった。

「……シャル？」

モフモフとした毛並みに小さな体。狼と猫を混ぜ合わせたような生き物。

『雲隠の極月』に住み着いているシャルである。よく僕の肩の上に乗ってきたりもした。

「ど、どうしてここに……」

僕を追いかけてきたのだろうか。

いや、ノワール討伐作戦にはシャルはいなかった。僕の居場所が分かるわけがない。

それにここは『太陽の化身』の地下。たまたまここに来たなんてことがあるはずがない。

ならどうして……そんなことを考えていると、シャルが鳴いた。

「ニャア！」

シャルは僕を無視して一直線にリーシアのもとへ向かった。

そしてカイロスを踏み台にして勢い良くリーシアの胸の中に飛び込む。

「ね、猫!?」

リーシアは急に飛びついてきたシャルに目を見開く。

「なんでこんなところに猫が……ってあれ？　何だろう、急に眠気が……」

リーシアはシャルを抱きしめると瞼を閉じた。

そしてまるで気絶するかのように突然意識を失った。

「リーシア！　大丈夫か！」

カイロスは大慌てでリーシアの身体を支える。

しかしそれも束の間のことで、すぐにリーシアは目を覚ました。

「あれ私、今一瞬気を失ってた？」

「よ、良かった。何もおかしなところはないか？」

「……うん、大丈夫」

「ニャア〜」

そんなリーシアからシャルが飛び降りる。

そして再び僕やカイロスを見ることもなく、来た道を走って帰っていく。

「ったく、さっきの猫はなんだったんだ？」

台風のように来て、去っていったシャル。

一瞬、リーシアが気を失って焦ったが、何事もなかったようだ。

「……そこの君、ちょっとこっちに来てくれる？」

「あ、はい」

リーシアに手招きをされて僕はベッドへと近づく。「そこの君」という他人行儀な呼ばれ方に心を抉られながら。

「お兄ちゃんはちょっと下がってて」

「お、おう……分かった」

カイロスと入れ替わるように僕はリーシアに近づく。

すると、彼女はバッと両手を大きく広げて、優しく包み込むように僕を抱きしめた。

「今までよく頑張ったね。ロイド」

「……え？」

リーシアは耳元で囁きながら僕を強く抱きしめる。

一瞬、リーシアの記憶が戻ったのかと思ったがそんなはずはない。

この抱擁も情けない自分を見て同情してくれたに違いない。名前を呼んでくれたのも、先ほどカイロスが言っていたから。

そう、何度も自分に言い聞かせるが、もしもの可能性に縋るのは醜いだろうか。

「ね、姉さん？　僕のことを思い出して――」

「うん、なんたってロイドは私の自慢の弟だからね」

「なっ……」

「そうね……エリスちゃんとかネロ君とかそこら辺の話をしたら信じてもらえるかな？」

「……っ!?」

抱きしめられていた僕は思わずリーシアの腕を振りほどく。

信じられないまま戸惑っていると、リーシアはニヤッと笑った。

「説明するのが難しいんだけど、実は私、ずっとロイドのことを隣でぼんやりと見てたの」

「……え？」

「さっき一瞬だけ顔を出したシャルがいたでしょ？」

「あ、うん」

「実はロイドの記憶だけシャルに移っちゃったみたいなの。多分神父の儀式のときにシャルがいたからそのせいかな？」

アハハと笑いながら語るリーシアだが、僕とカイロスは首を傾げたままだった。

だが、そのうち徐々に情報が繋がっていった。

『雲隠の極月』に突如現れたシャル。普通の猫より明らかに賢かった。それになぜか僕に人一倍懐いていた。そして、ずっと僕たちを見守るようにギルドに居続けた。

「主人格はシャルだったから、しっかりした意識があったわけじゃなかったけど、それでもちゃんと覚えてるよ。ロイドが色んな人の才能を見つけたり、不遇な扱いを受けている人を助けてあげたりしてたの」

「……」

「本当に嬉しかったな。ロイドがそうやって色んな人の役に立って慕われて。これが私の自慢の弟なんだって言いたかった」

リーシアは心の底から嬉しそうに再び僕を抱きしめる。

「ロイド、今までよく頑張ったね」

今までの全てを許して肯定してくれる姉さんの言葉。

その言葉を聞いた瞬間、僕の中で何かが切れてしまった。

「あぁ……うわあああぁぁぁ！」

今まで必死に抑え込んでいた涙腺が崩壊する。

何度拭っても涙は止まらない。

感情と一緒に溢れ出る。

「もう、本当に二人とも泣き虫なんだから」

リーシアは微笑みながら僕と未だに涙を流しているカイロスを慰めてくれた。

そこからの記憶はあやふやだった。

けれど僕の心は幸せで埋め尽くされていた。

エピローグ　僕たちの物語

ロイドたちとノワールの戦いから一か月が経った。

ノワール戦で起きた街の被害はたった一か月で元通りになった。

オーガスが指揮を執《と》って素早く対応してくれたことが大きいだろう。他のギルドも復興作業に手を貸してくれて、予定よりだいぶ早く復興出来た。

今はまだ難しいが、いずれスラム街の整備にも取り掛かるとか。

他にはフェーリア王国内のギルド関係でかなりの変化が起きた。

まず、『太陽の化身』は、簡潔に言うと解体された。

いくつか理由はあったが、一番の理由はギルドマスターがいなくなってしまったためだ。

カイロスが今までの自らの罪を自白した。不正であったり、違法な賄賂であったり、仕事の斡旋であったり、ギルド順位一位になるためにかなりの罪を重ねていたのだ。

本来なら懲役刑になってもおかしくなかったものの、今までの功績や自白したということもあり、三年の執行猶予という形で収まった。

解体された『太陽の化身』の者たちはどうなったのか。

答えは『雲隠の極月』への編入である。

もちろん強制ではないが、『太陽の化身』に所属していた大半の者たちが『雲隠の極月』に所属することになった。

カイロスや第二部隊の隊長であるエドガーの後押しがあったことも大きかっただろう。

こうして突如、ギルド順位一位のギルドが消滅し、ギルド順位三位の『緑山の頂』と、ギルド順位四位の『碧海の白波』が『雲隠の極月』の傘下になり、そして『太陽の化身』の者が『雲隠の極月』に属することになった。

現在、『雲隠の極月』はギルド順位二十二位であるが、近いうちにギルド順位を改定しなければならないだろう。


「ふんふんふん～」

鼻歌を歌い、ご機嫌な様子のエリスは、ロイドに会うためにギルドマスターの部屋を訪れていた。

部屋の正面に辿り着くと、コンコンコン、と扉を三回ノックする。

「どうぞ」

「失礼します！　ロイド様、今日の特訓終わり……ってロイド様は？」

エリスが部屋に入ると、ロイドはいなかった。

部屋の警備をしていたメイドのレイがエリスの問いに答える。

「ロイド様なら数時間前に外出されました」

「また外出!?　こんな忙しい時に!?」

ノワールとの戦闘が終わって一か月が経ったとはいえ、まだ落ち着いたのは表面だけ。

『太陽の化身』の面々が一気に入ってきたこともあり、仕事や課題は山積みであった。

そして追い打ちをかけるように『雲隠の極月』に入りたいという志願者が殺到している。

『雲隠の極月』の事務作業は崩壊寸前だった。

そんな中、一番仕事をしなければならないロイドがよくギルドから抜け出していたのだ。

「申し訳ございません。私がしっかりしていないばかりに……」

「レイのせいじゃないわ。数日前にあんなにリーシアさんに怒られたのにこれだもの。もう諦めるしかないわね」

エリスがため息をつく。

それから部屋にいたもう一人の人物を見つめる。

「ってそれより、なんであなたがここにいるのよ。ソティア」

「それは私のセリフなんだけど。遊び惚けてる誰かさんのせいで私に仕事が回ってきてるのよ」

ロイドに異様に対抗心と執着心を抱いていたソティアだが、彼女も『雲隠の極月』に所属することになった。

彼女の人を見る目を活かして、『雲隠の極月』では人材管理の事務仕事を行っている。

このように彼女は嫌々仕事をしているような素振りをするのだが――

「ソティア様は先ほどまで『ロイドに頼られるのも悪くないわね』と嬉しそうにしておられました」

「は、はぁ!?　そんなこと言ってないんですけど!?　勝手に変なこと言わないでよね！」

レイの告げ口で一気に耳まで真っ赤に染めるソティア。

ロイドやその周りの人たちには尖った態度をとるが、彼女のそういう気質を皆が分かっていた。

だからこうして『雲隠の極月』に所属していても波風は立たない。

「いつか私が成果を出しまくって、ロイドからギルドマスターの座を奪ってやるんだから！　ねぇ？　イル」

「クゥーン」

ソティアは机の上に座っている黒い契約獣――イルを優しく撫でる。イルは面倒くさそうに鳴くだけだった。

彼女がロイドに抱く思いが、対抗心なのか、はたまた好意なのか、彼女自身も分かっていないのだろう。

エリスは呆れた様子で言う。

「まぁ夢を見るだけならいいんじゃない？　事務員さん」

「はぃぃ？　私にはちゃんと助言士って肩書があるんですけどぉ？　副ギルドマスターだか何だか知らないけど、あなたも絶対にその座から降ろしてやるから！」

「助言士なのはロイド様だけですぅ！　エセ助言士は黙っててくださぁい」

エリスとソティアの間でバチバチと火花が起きる。

そんな二人に挟まれて、どうしたらいいのかと慌てるレイ。

すると、突如凛とした声が響いた。

「はい、そこまでよ。ソティアは誰にでもすぐに喧嘩をふっかけるんだから」

「リーシアさん！」

リーシアの声を聞くと、ソティアは笑顔になった。耳がピコピコと動いており、喜んでいるのがすぐに分かる。

ロイドの関係者なら誰にでも威嚇する彼女だが、唯一、リーシアには心を開いていた。

リーシアもあの事件後、『雲隠の極月』に所属することになった。

といっても、本格的に仕事をするのはまだである。最近になってようやく肉付きが戻り、病弱という印象は消えた。杖があればゆっくりだが歩くことも出来る。

彼女の仕事内容はソティアと同じく、人材管理である。スキル【鑑定】を持っているため、二人で助言士のような仕事も行っている。

よく一緒に行動することもあって、ソティアはリーシアに気を許しているのだろう。

「エリスちゃんはバカ弟を探してきてくれる？　このままだと仕事が終わらないから」

「分かりました！　お義姉《ねえ》さま！」

「お義姉さま？　まだロイドをエリスちゃんにあげるつもりは――」

「では行ってきます！」

エリスは元気良く返事をして、ギルドマスターの部屋を後にする。

そしてロイドが行きそうな場所に駆け足で向かった。

†

僕――ロイドは、スラム街に来ていた。

ノワールとの事件後も、定期的に足を運んでいる。

復興作業を手伝ったり人材発掘のための観察をしたり、日によって目的は異なる。最近はかなり復興作業の目途が立ってきたので、色々な場所を見回っていた。

今日の目的は学校の視察である。

スラム街でもしっかりと教育を受けられるように僕やオーガス、その他の協力者から出資してもらい、小さな学校を設立した。

埋もれている才能や人材を発掘するため、と今までの僕なら考えていたかもしれない。

けれどこの学校の目的は違う。

自分の才能や限界を考えずに、自分のやりたいこと、好きなことを探求する場所。

スラムという狭い世界しか知らないスラム街の子供たちに、広い世界を知ってもらうための場所である。

「わぁ、意外とちゃんと学校してるんだな……」

僕は校内を歩いて回りながらそんな言葉を漏らした。

学校を設立するために資金協力はしたが、こうして足を運ぶのは初めてだった。こういうことはちゃんとプロに任せた方が上手くいく。僕が関わったのは、恩師である魔術学院のロサリア先生に協力をお願いしたところまでだ。

学校では剣術、魔術、鍛冶、錬金、その他いろいろな授業があり、生徒自身が好きな授業を受けることが出来る。

今僕は、錬金術の授業を見学していた。

幼い生徒たちが一生懸命、教師の話を聞いている。

「あれは……」

そんな中、一人の女の子が虚ろな目をして授業を受けていた。

他の生徒たちが興味深そうな様子なのに対して、彼女は無理矢理に授業を受けているように見える。

一人ひとりが実験を進める時間になったところで、僕は教師に断りを入れてから、女の子のそばに歩いていった。

「ねぇ。授業中に悪いんだけど、一つ質問していいかな?」

「は、はい。見学の方ですか？」

「うん、そうだよ」

僕は自分の首にかかっている証明書を見せる。

スラム街で初めて設立された学校ということで、冒険者協会の関係者や、他の学院の関係者たちなど様々な人が出入りしている。

初めての試みであるため、いろいろな情報を集めているのだろう。

既にそういったことに慣れっこなのか、僕がこうして授業中に声をかけても、彼女に驚いた様子はなかった。

「君に一つ聞きたいことがあるんだけど、いいかな？」

「な、なんですか？」

僕は戸惑っている彼女に優しく問いかける。

「君、剣を振るのは好き？」

「え？」

想定外の質問だったのだろう。

彼女は目を丸くした。

「な、なんでそんなこと聞くんですか？」

「んー、まぁ色々あるんだけど、一番はそうだね……」

僕は彼女の手に視線を向ける。

「君の努力がその手に出てることかな」

「手ですか？」

少女は自分の手のひらを不思議そうに見つめた。

「錬金術の練習では手の皮がそんなに厚くはならないし、豆もたくさん出来ないからね」

「それは……」

少女は思い当たる節があるようで、言葉を詰まらせていた。

彼女を見て考えられるのは二つ。

いつも剣術の練習をしている、そして、嫌々錬金術の授業を受けている。

錬金術の授業を見るにその両方であることは確かだ。

それに手に痕跡が出るほどの練習は、剣が好きでなければ出来ない。

錬金術を身に着ければ就職には困らない。冒険者のように危ない橋をわたる必要もなく、安定した賃金を得られる。

だからスラム出身の者たちが教育の機会を得たなら、だいたいが錬金術師を志すだろう。

「どうして剣術の授業を受けないの？」

「……だから」

「え？」

「私、女の子だし、体も小柄だから絶対に剣士にはなれないんです……」

少女は悔しそうに顔を歪め、小さく握りこぶしを作る。

彼女はこのスラムのことしか知らない。小さな世界しか知ることが出来ない。

だから僕はその狭い世界を広げてあげたかった。

「それって誰が決めたの？」

「え？」

「僕は女の子でもA級やS級の冒険者になってる人を何人も知ってる。それに小柄だからこその強みってあると思うんだ。俊敏さとかね」

ギルド順位二位のギルドマスターは女性であり、S級の剣士である。それにセリーナやレイも剣士と言えるだろう。

しかし、少女はまだ納得出来ないらしい。

「でも、私には才能がないんです……どれだけ剣を振っても藁《わら》人形すら切れない」

「んー、才能かぁ」

僕はつい苦笑する。

自分も少し前までは【鑑定】と【心眼】を使って才能があるかどうかばかり見ていた。ステータスに表れる素質こそが一番大事だと思っていたのだ。

確かに間違ってはいない。自分に才能があると分かれば、それを好きになることもある。

けれど才能があっても好きにならない場合がある。

「君は剣士と錬金術師、どっちになりたいの？」

「それは……なれるなら剣士です」

「そうだよね。なら剣術の授業を受けてみるべきだよ」

「でも……」

「好きこそものの上手なれ。結局、好きなことをするのが一番成長が早いと思うんだ」

今の僕には【鑑定】のスキルはない。だから彼女に錬金術の才能があるのか、剣士の才能があるのか、はたまた別の分野の才があるのかは分からない。

けれど一つ確実に言えるのは、彼女は剣を好いているということだ。

「たとえ才能がなくても限界があっても関係ない。好きならそんな壁なんて越えていける」

「そ、それでも越えられなかったらどうすればいいんですか？」

「それでも越えられなかった時は、周りを頼ればいい。誰かが壁を低くしてくれる。誰かが壁を一緒に越えようと手伝ってくれる」

僕はこの数年で学んだ。好きなことに限界はないということを。

僕は教えてもらった。一人で抱え込まずに仲間に頼ることを。

「そのために僕はこの学校を作ったんだ」

「え？」

少女は僕を見て目を丸くした。

「大丈夫。君はいい剣士になれるよ」

僕は確信をもって口にする。

その言葉には【鑑定】や【心眼】のような絶対的な保証はない。

けれど僕の知識が、そして経験が彼女は将来大物になると訴えていた。

「もぉ、やっと見つけましたよ。ロイド様」

少女とそんな話をしていると、聞きなじみのある声が会話を遮る。振り返ると、教室の後方の扉から天才水魔術師が顔を覗かせていた。

「エリス⁉　なんでここに⁉」

こっそり一人でギルドから抜け出したのだが、エリスには僕の居場所などお見通しだったらしい。

「リーシアお義姉さまがお怒りでしたよ。仕事がたまってるから早く帰ってこいって」

エリスは頬を少し膨らませて怒ったように言った。リーシアの真似だろうか。

そんな話をしていると、いつの間にか僕たちに視線が集まっていた。

「おいおい、あの人ってエリスじゃないか⁉　『鬼の牙』との対抗戦に出てた！」

「あの【ウォーターボール】の⁉　E級から一気にA級まで飛び級した天才⁉」

「初級魔術でS級冒険者とも渡り合えるって噂の⁉」

生徒たちは授業を放り出してエリスに夢中になっていた。

僕は顔が割れていないので騒ぎにはならなかったが、エリスは違う。

今では水の魔女と呼ばれるほど名を馳せている。そんな人物が来たとなると、生徒たちが色めき立つのも分かる。

騒ぎを大きくしてしまって申し訳ないと、教師に目配せすると教師まで目を輝かせていたほどだ。

しかしここで授業の邪魔をするわけにはいかない。

それにこれ以上時間をかけていると、ギルドに帰った時にリーシアに何を言われるか分からない。

「じゃあ、そろそろ帰ろうか」

「そうですね。私の今日の訓練の成果も見てもらいたいですし」

僕とエリスは生徒たちに背を向けて教室から去ろうとする。

そんな僕たちを先ほどの少女が呼び止めた。

「あ、貴方の名前は……？」

「僕はロイド。一応『雲隠の極月』というギルドの長をしてるんだ」

「ギルドマスター……？」

少女は再び口を大きく開けて驚いた。

聞き耳を立てていた他の生徒たちがひそひそと囁き始める。

「ギルドマスターってことはエリスさんよりも凄いってことか!?」

「ってことは『双翼の錬金』のギルドマスターのエルナが崇拝してる人じゃない!?」

「『幻想郷《リュネール》』のトップってことだろ。そんな凄い人がなんでこんなところにいるんだ？」

どうやら僕の名も広まってきているらしい。

といっても僕自身の力ではなく、仲間たちの名声に担がれているだけだが。

すると少女は拳を握り締めて、覚悟が宿った瞳で僕を見つめた。

「わ、私は剣を振るのが好きです。錬金術より剣を振っている方が断然楽しいです。だから限界なんて考えずに本気で頑張ってみようと思います」

「うん」

「それでも、越えられない壁や誰に頼んでもダメな時だってあると思います」

「そうだね」

「その時は……また私を見てくれますか？　私に道を教えてくれますか？」

「もちろん！　僕でもいいし、もしもの時は『雲隠の極月』を頼ってほしい。僕たちは好きなものに全力で取り組む人をいつでも歓迎してるから」

少女は目に涙を浮かべながら何度も頭を下げた。

それから僕とエリスは教室を出た。

その後も、生徒たちは初めて見たエリスに興奮したり、『雲隠の極月』からスカウトしてもらえたんじゃないかと少女に話しかけたり大騒ぎのようだった。

学校の外に出ると既に日が沈みかけていた。

昼過ぎにギルドを抜け出したのに、もう夕方だ。時間が過ぎるのは早い。

夕日に照らされながら僕たちはギルドへの帰路についた。

「私も軽く見学しましたが、学校の雰囲気も良さそうでしたね」

「そうだね。まだまだ課題はあるけど、学校の授業がスラム街の子供たちにとって価値のあるものになることを願うよ」

「まぁだからと言って、ギルドを抜け出していい理由にはならないんですけどね～」

「うっ、それは申し訳ないと思ってる……」

からかうように笑うエリスに僕は謝る。

帰ったら仕事が山積みである。

ギルドの管理、人材の育成、人材集め。

『太陽の化身』をギルド順位一位にしようと躍起になっていた頃が懐かしい。

「私がロイド様をギルド設立に誘ってからかなり時間が経ちましたね」

「うん、昨日のことのように思い出せるよ」

最初は一人だった。絶望していた僕をエリスが救い出してくれた。

そしてネロが助けてくれて、エルナとニックが不安定な足元を強固にしてくれた。

リーシアとレイが裏で支えてくれて、リィとミィが力になってくれた。

それからミントたち『緑山の頂』、ローレンの『碧海の白波』、オーガスの冒険者協会。今では『太陽の化身』の者たち。

様々な人が僕を信頼して手を差し伸べてくれた。そしてその関係はこれからも続く。この輪はさらに大きくなっていくことだろう。

「そういえばさ、まだエリスに答えを伝えてなかったよね」

僕は歩きながら、いつ口にしようかと考えていた言葉を言った。

本来ならもっと早く出さなければならなかった答え。

答え自体はとっくに決まっていた。でも言い出せなかった。

今の関係が幸せだったから。それ以上先に行くと壊れてしまうのではないかと臆病になってしまったから。

そんな答えを今の自分なら言えるような気がする。

「答えですか？」

「うん、周りの状況が落ち着いて、ようやくあの日の答えを出せたんだ」

あの日。正確には語らなかったがエリスもやっと察しがついたらしい。

彼女の顔は耳まで一気に真っ赤に染まった。

僕とエリスはぎこちなく足を止める。

そしてお互いの顔がよく見えるように向き合った。

「わ、私はどちらでもロイド様の意見を尊重します……！」

エリスは体を震わせて不安そうに言った。

嫌な想像をしてしまったのか、彼女の目には既に涙が溜まっていた。

そんな彼女を前にすると喉に言葉が詰まる。

言いたいけど、言えない。口にしようにも声が出ない。

ただ自分の気持ちを告げるだけなのに、何度もこの瞬間を想像したのに。

けれど彼女はきっと、胸を締め付けられるような思いで僕の言葉を待っている。

だから僕も覚悟を決めて、嘘偽りない言葉を彼女に送った。

「僕はエリスのことが――」

†

ここは終着点ではない。これからも二人の物語は続き、綴《つづ》られ、後世に語られていく。

これは追放された助言士のギルド経営の物語？　いや、違う。

確かにこれは一人の少年から始まった物語だ。しかし今や少年一人のものではない。

少年が何十人、何百人もの人たちと手を取り合って紡いでいく物語なのである。

追放された【助言士】の
ギルド経営
不遇素質持ちに
助言したら、
化物だらけの
最強ギルドに
なってました
原作 柊彼方 Kanata Hiiragi
漫画 貝原黎音 Reon Kaihara
1~2
不遇な逸材たちと
世界をひっくり返す！
大好評発売中！
最強の冒険者ギルドを、陰から支えてきた【助言士】のロイド。彼は人の隠れた素質を見抜くことができ、的確な「助言」で多くの才能を開花させてきた。しかし、不幸にも用済み扱いを受け、ギルドを追放されてしまう。そんな彼の元を訪ねてきたのは、〝とある才能〟を持つD級魔術師・エリス。彼女との出会いで、ロイドは新たなギルドを立ち上げることに。それは不遇な素質持ちばかりを集め、才能を発掘しようというものだった——！
迫るギルド対抗戦、新メンバーに
超ド級の才能が続々開花!!!
◎B6判
◎2巻定価：770円（10%税込）
1巻定価：748円（10%税込）
無料で読み放題
今すぐアクセス！
アルファポリス Webマンガ

いずれ最強の錬金術師？
SOMEDAY WILL I BE THE GREATEST ALCHEMIST?
1~17
小狐丸
KOGITSUNEMARU
シリーズ累計（電子含む）120万部突破！
2025年1月8日より
TVアニメ放送中!!
TOKYO MX・BS11ほか
コミックス
1～8巻
好評発売中！
いずれ最強の錬金術師？
小狐丸
地味～な生産職志望の僕に付与されたのは、
聖剣から空飛ぶ船まで、何でも造れる
最強スキル
錬金術!!
第10回アルファポリスファンタジー小説大賞読者賞受賞作
アルファポリス人気ランキング圧倒的第1位
……僕、のんびり暮らしたいだけなんだけど
1～17巻
好評発売中！
勇者召喚に巻き込まれ、異世界に転生した僕、タクミ。不憫な僕を哀れんで、女神様が特別なスキルをくれることになったので、地味な生産系スキルをお願いした。そして与えられたのは、錬金術という珍しいスキル。まだよくわからないけど、このスキル、すごい可能性を秘めていそう……!? 最強錬金術師を目指す僕の旅が、いま始まる！
いずれ最強の錬金術師？
1
原作 小狐丸
漫画 ささかまたろう
聖剣から万能薬までなんでも造れる
最強の生産スキル
錬金術発動！
シリーズ累計10万部突破！
大人気ファンタジー、待望のコミカライズ第1弾！
◉Illustration：人米
◉16・17巻 各定価:1430円(10%税込)
1~15巻 各定価:1320円(10%税込)
◉漫画：ささかまたろう B6判
◉7・8巻 各定価:770円(10%税込)
1~6巻 各定価:748円(10%税込)